O Dedo de Bartolomeu

Dr. David Kallás

Dedicatória

Alexandre Magno dizia dever muito a Aristóteles, seu mestre, pois este lhe dera o pão que nutre o espírito. Dedico este trabalho também aos meus mestres. Desde a Sra. Benedita Carneiro, a Didi do Professor Carmelo, minha professora do pré-escolar até aos catedráticos Prof. Dr. Virginio Cândido Tosta de Souza e Prof. Dr. Elísio Meireles de Miranda que além do ensino profissional especializado, deram-me importantes lições de vida e de humanismo. Não há como omitir o eterno professor, Elias Kallás, quem ensinou estando presente, quem ensinou no exemplo e quem ensinou pegando na mão para o bisturi não biselar a incisão.

Sumário

Prefácio v

Capítulo I - A doença 7

Capítulo II - O Ermitão 19

Capítulo III - São Bartolomeu 38

Capítulo IV - A migração 43

Capítulo V - A moringa 47

Capítulo VI - Dom Cipriano 52

Capítulo VII – Incorrupto 67

Capítulo VIII - Os Junqueiras 73

Capítulo IX - As relíquias sagradas 83

Capítulo X - A gruta 93

Capítulo XI - A Divina Comédia 106

Capítulo XII – Ramón 114

Capítulo XIII - A Cruz de Ferro 120

Capítulo XIV - O Reencontro 128

Capítulo XV - Campo Alegre 137

Capítulo XVI -De volta ao Carimbado.... 186

Prefácio

Todos nós, que vivemos na bela e tranquila cidade de Santa Rita do Sapucaí, onde o passado e o futuro se encontram e fazendas centenárias convivem com a mais avançada tecnologia eletrônica, conhecemos o Dr. David Kallás como um grande médico.

Agora descobrimos que o médico competente e devotado a restaurar a saúde de seus pacientes é também um excelente contador de estórias.

Profundo conhecedor da história do Brasil, e pesquisador da trajetória das famílias que se estabeleceram no sul das Minas Gerais e desbravaram a região no início do século XIX, o Dr. Kallás nos encanta com esta obra de ficção histórica.

Braz Ribas, que realmente existiu, recebeu da coroa portuguesa uma sesmaria onde hoje se situa a cidade de Santa Rita do Sapucaí.

Nesta obra o Dr. Kallás narra a jornada épica de Braz Ribas em busca da cura de sua esposa. Esta procura leva o fazendeiro a se envolver no mistério que cerca o paradeiro de uma relíquia milenar, o "Dedo de Bartolomeu".

E Bartolomeu é ninguém menos do que aquele sobre o qual lemos em Mateus 10:2 *"Estes são os nomes dos doze apóstolos: primeiro Simão, chamado Pedro, e depois André, seu irmão; Tiago, filho de Zebedeu, e seu irmão João; Filipe e **Bartolomeu**; Tomé e Mateus, o publicano;*

*Tiago, filho de Alfeu e Tadeu; Simão, o cananeu, e Judas
Iscariotes, que foi o traidor de Jesus."*

Repleta de mistérios, perigos e personagens
inusitados, a narrativa das peripécias de Braz Ribas e
dos companheiros que a ele se unem na busca da
relíquia, também procurada por sinistros inimigos,
que pretendem destruí-la, é fascinante.

Parabéns, Dr. David e meus votos de muito sucesso
nesta empreitada de nos encantar com obras como
esta, que revelam seu talento como escritor.

Eng. João Batista de Azevedo Jr

Membro da Academia
deLetras, Ciências e Artes de
Santa Rita do Sapucaí

Capítulo I - A doença

As estações se sucedem. Ao raiar do inverno, quando as temperaturas começam a cair e as chuvas cessam, as águas do Sapucahy vão correndo mais lentamente. O rio agora de conteúdo límpido contracena na memória com o rio barrento do verão. As seguidas curvas de seu traçado retardam o fluxo na tentativa de represar as águas para não as deixar evadir tão depressa. Nem mesmo a escassez de chuvas consegue fazer com que blocos de granito emerjam do fundo do leito. Eles mantêm-se submersos, pontilhando a superfície com turbilhonamentos e criando corredeiras. As lagoas de transbordamento estão secas, desapareceram deixando vazio o leito agora revestido por um barro quebradiço onde brotos da vegetação já florescem para alimentar a vida. Nas margens, a exuberância da mata tropical preserva-se inalterada. O tom do verde escuro, salpicado por flores ora em tons fortes de amarelo, ora em roxo, azul ou vermelho deixam claro a insignificância do inverno. O sol brilha intenso num azul anil. Era chegado setembro. E nada tira a beleza do lugar!

A fazenda "Águas Limpas do Vintém" está em plena produção: arroz, feijão, fumo mandioca e milho. Mandioca e milho herdados dos "negros da terra" como são conhecidos os índios. Entre as criações, o porco, as aves e algumas cabeças de gado leiteiro garantem as proteínas necessárias na alimentação. Seu proprietário, o Capitão Braz Fernandes Ribas trabalha em equipe com seus escravos e o feitor José Vitor de Magalhães. As tarefas são incessantes. Os excedentes da produção são trocados com os vizinhos ou encaminhados para o litoral através dos tropeiros. O único produto que lhes garante valores em moeda é o fumo, que exportam. Os demais são escambo. O clima tropical propicia os elementos essenciais à vida em doses abundantes. Sol e chuva dosados na medida. Com isto, a vegetação cresce rapidamente tornando possíveis até duas safras anuais: a safra e a safrinha. A safra nas estações quentes e chuvosas e a safrinha na fria e seca. O que faz crescer a lavoura faz também desenvolver a vegetação nativa, que quando não bem controlada, acaba por sufocar a plantação. Aqui a vida tem um ciclo rápido e saudável, responsável pelo fugaz crescimento de tudo. Produz alimentos com fartura, porém exige trabalho atento e dedicado na drenagem dos córregos, que uma vez descuidada, represa as águas e deteriora sua qualidade, além de propiciar o incremento na quantidade de insetos, na manutenção das trilhas, que podem ser ocultadas facilmente pelo crescimento vertiginoso da vegetação, e na limpeza das pastagens, que uma vez abandonadas, perdem qualidade por serem contaminadas com vegetações indesejadas parasitas ou inúteis. Há trabalho constante e repetitivo. Ao contrário de Portugal, onde o clima temperado contém o crescimento da flora, aqui o controle se faz necessário em tempo integral. A fauna também assusta! Novos répteis, insetos e mamíferos de novas espécies são descobertos a cada dia! Alguns curiosos. Muitos belos. Outros perigosos.

Dentre os perigosos, as serpentes são dos mais temidos. Desde que uma delas tirou Adão do paraíso, esta espécie causa repugnância entre os homens. Há uma vasta gama de espécies destes rastejantes répteis infestando as pastagens com nítida prevalência nas pedreiras onde acolchoam-se entre as fendas. Cascavéis com seus guizos anunciam às suas presença ameaçadoras. As mortíferas cobras corais aguardam suas presas que uma vez picadas não sobrevivem além de poucas agônicas horas. A curiosa Urutu cruzeiro surpreende sua vítima pondo-se na vertical e como que correndo atrás do desavisado intruso. Inimigos muito menores, os mosquitos, eram como pragas de verão: borrachudos, pernilongos, moscas, abelhas e marimbondos são enfrentados diariamente. No inverno sua frequência diminui muito e surge um período de paz.

A exploração da região ainda está inacabada! Muito ainda está por ser feito e muito a ser descoberto. Muitas serras sequer haviam sido escaladas. À medida que novidades surgem, o conhecimento é assimilado pelo Capitão Braz Ribas e sua equipe. Não raro, reúnem-se em torno de uma nova espécie botânica ou animal para dar-lhes um apelido. A biodiversidade traz admiração até mesmo aos africanos acostumados com clima similar. Além da descoberta e do batismo de vivos, empenham-se na criação de nomes adequados aos novos cursos d'agua que defrontavam em suas caminhadas, aos montes, picos, vales, várzeas e pedreiras por eles explorados, aos novos bairros a serem ocupados.

Na família, Braz Ribas conta com o auxílio dos filhos Ana Vitória Ribas e João Batista Ribas Fernandes, que o acompanham em muitas tarefas. A educação dos menores é exercida pela mãe. Não que almeje transformar os filhos em doutores mas sim em homens bons. Apesar de analfabeta, Dona Floriana tem muito a ensinar aos filhos. Educação, boas maneiras, noções de higiene e sobretudo os sacramentos e os dogmas da Santa Igreja. Nada que possa ser comparável à formação dos homens de Coimbra ou aos nobres da Corte mas, uma boa educação para os padrões locais.

Prendada, bem-educada e contida, dedica-se a transmitir seus valores femininos e maternais à sua filha, Ana Vitória. Desde menininha, Ana Vitória já tinha noções de cozinha, de preparos de cereais, carnes e do feitio de doces saborosos com frutos tropicais como a goiaba e o mamão.

Ao pai cabe auxiliar na educação de João Batista. Esse logo estaria prestando-se a auxiliar nos afazeres da sesmaria. O aprendizado tem uma sólida base na observação e na repetição das tarefas cotidianas. O conhecimento sedimenta-se à medida que mais e mais vezes repetem aquela ação até chegarem ao amadurecimento para saber resolver novas situações. Ambos os filhos têm sua educação coroada com os ensinamento de cultura africana que foi transmitido pelos escravos. Aprendem a respeitar seus escravos como trabalhadores e iguais.

D. Floriana, a esposa, ainda recupera da perda do pequeno Roque Ribas. Seu caçula faleceu nos primeiros meses de vida decorrentes de disenteria. Apesar dos esforços da escrava Maria de Jesus em administrar ao pequeno Roque todo o arsenal medicinal que dispunha, não conseguiram controlar a diarreia intensa que cursava com febre, sangue e catarro. Doses constantes de chás mantiveram o pequeno ainda em vida porém ao associar dos vômitos não havia mais como administrar nada. Seus últimos momentos foram desesperadores para a mãe que a tudo acompanhava de perto.

O terço era seu escudo e a cada prece pedia pela vida do pequeno príncipe. O quadro não reverteria. A respiração foi progressivamente tornando-se rápida e superficial, suas extremidades arroxearam-se até que o choro cessou. Já não urinava há 2 dias! A pele seca áspera, o hálito cetônico e o fácies de sofrimento completaria o quadro. A morte do pequeno veio em horas. O falecimento do caçula do capitão trouxe à "Águas Limpas do Vintém" um clima de tristeza e desanimo jamais visto por aquelas terras.

O velório do pequeno foi muito disputado. O prestígio do sesmeiro Braz Ribas, seu carisma e sua disposição em ajudar fizeram inundar a pequena capela da pia batismal. Os pais mantiveram-se sempre próximos do pequeno cujo corpo repousava sobre uma pequena mesa envolto na peça de algodão na qual seria sepultado. O pequeno corpo foi enterrado junto da Capela de Santa Rita encomendado por padre Mariano e acompanhado em procissão por todos dali. Capitão Braz Ribas superou a perda mas, sua esposa Floriana jamais seria a mesma...

Com o passar dos anos, Floriana tornou-se uma mulher triste. Atravessava noites com insônias e nunca se desligava do fantasma do filho morto. A perda do caçula a abalou profundamente e fez ressurgirem antigas feridas que se imagina como cicatrizadas. Capitão Ribas comungava da tristeza da perda do filho porém a superara frente a necessidade da sobrevivência. Era preciso seguir com a vida. O mesmo não ocorreu com a esposa. Sua lógica parecia outra. Sua imagem parecia outra. Floriana havia mudado!

A progressividade da má saúde mental de Floriana o preocupava cada vez mais. Braz a todos perguntava sobre chás ou simpatias, aos religiosos sempre pedia a benção e preces. O comportamento estranho de D. Floriana já era motivo de preocupação regional. Algumas senhoras de outras sesmarias vinham para dar-lhe a companhia e para um diálogo estimulador mas sequer eram recebidas. Já não saia. Algo estava muito errado!

Sacerdotes foram convocados. Os padres descartavam a possibilidade de encarnação do mal uma vez que continuava piedosa e mansa e nunca houve a manifestação do demônio que várias vezes foi ordenado pelos exorcistas, em nome da trindade, que se apresentasse. O exorcismo não surgia efeito. Muitas missas foram rezadas em sua intenção em diversas capelas. Frequentemente, na sesmaria reunia-se a comunidade para a reza do terço em intenção da saúde da sinhá. Participavam os homens brancos e os negros da terra e da África. Nada dava bons resultados.

A esposa foi ficando cada vez mais introspectiva, isolando-se nos cantos e desprendida da vida. Já comia pouco, não demonstrava interesse por nada, perdia peso, fugia das vaidades e das higienes mesmo as essenciais, preferia ficar em casa a sair e fazer coisas novas e quando falava era sempre choramingando aos escravos acerca de sua saga. Tornava-se a cada dia uma figura mais e mais patológica.

Braz já não tinha a quem recorrer. Da cultura africana tentaram de tudo e nada demonstrou ser capaz de alterar o quadro. Permanecia sempre atento a qualquer esperança de uma luz que pudesse curar sua esposa. Certa vez, em conversa informal com vizinhos durante um de seus encontros, Capitão Braz desabafava sua preocupação para com a saúde da esposa. Já não restava muito o que fazer, nada parecia surgir efeito na abalada saúde mental de Floriana.

Dentre as muitas sugestões ouviu até dizer que deveria procurar um Pagé da tribo dos Puris que talvez pudesse ajudar. Diz a crença que os Puris são pacíficos e mansos e que esta conduta harmônica entre eles estaria ligada a ingestão de algum chá milagroso que traria a felicidade e a mansidão. Este chá poderia ter algum efeito benéfico para reverter a tristeza e fazer Floriana recobrar o interesse pela vida. Apesar da repudia inicial a sugestão, parecia-lhe pajelança ou bruxaria, não descartou intimamente a possibilidade.

Um índio que morava na adjacência da sesmaria e que havia se tornado amigo, e que atendia por Denílson, ofereceu-se para acompanhar Ribas até a aldeia dos Coroados que ficava a cerca de 1 dia de cavalgada. Os Coroados da

Mantiqueira são uma tribo de Puris assim denominados porque raspavam a cabeça no alto deixando o cabelo em forma de coroa. Assim o fizeram. De lá trouxeram um elixir para a enferma que de pouco ou nada adiantou.

Algo havia de ser feito. Não ficaria ali com os braços cruzados permitindo que seus filhos vissem a mãe naquele estado crítico. Braz Ribas não tardou a partir novamente a procura de algo. Deixou a sesmaria sob a responsabilidade do feitor e à Maria de Jesus pediu para que acolhesse a esposa e os filhos. Não tinha ideia para onde seguir.

Preparou os mantimentos, selou seu melhor cavalo e pôs-se a cavalgar. Sem plano, optou por seguir rio abaixo no sentido de Campanha da Princesa. Procuraria aconselhar-se com o padre de lá, um centro religioso importante. Os conselhos e preces de Padre Mariano, de Santa Catarina de Alexandria não haviam se transformado em melhora clínica. Precisava de um religioso mais qualificado.

Atravessou rios, riachos e córregos, subiu montes, montanhas e venceu abismos. Após dois dias de cavalgada seguindo as trilhas para Campanha da Princesa, chegou ao seu destino. Campanha era uma cidade que lhe era peculiar. Sua bela igreja, seu casario com muitas janelas, suas ruas bem cuidadas e seu movimento de ir e vir de cavaleiros, charretes e carroças o fez lembrar Portugal. A enorme igreja em obras destacava-se sobre todas as construções.

Procurou pelo pároco local. Era um homem alto e gordo próximo dos cinquenta anos de idade, pele clara, calvo com poucos cabelos escuros nas laterais da cabeça. De voz grave, tom enérgico em suas falas em que desenvolvia um raciocínio lógico e claro. Seu nome era Setembrino.

Provavelmente descendente de espanhóis que migraram para o novo mundo na época da união Ibérica.

Braz procurou-o na casa paroquial que se erguia atrás do grande templo. Anunciou-se a uma escrava que fazia os serviços domésticos paroquiais. Passados alguns instantes vem o grande sacerdote a perguntar com sua voz inconfundível:

- O senhor então é o Capitão Braz Ribas? Desde que cheguei para assumir esta paróquia muito ouço contar de seus feitos aqui em Campanha da Princesa. Esta cidade, a região e toda a colônia são enormemente gratas ao senhor e a todos os heróis que nos livraram daqueles mercenários.

- Fico honrado com suas palavras padre, porém tenho a convicção que nada mais fiz do que a minha obrigação como súdito Del Rey.

- Salvastes a vida de muitos inocentes nesta cidade que seriam vítimas do confronto entre os mercenários estrangeiros e a Guarda Nacional. Até mesmo salvou a vida do nosso conterrâneo o seminarista José Bento, que acaba de consagrar-se a Deus na Diocese de São Paulo de Piratininga.

- Mais uma vez agradeço ao povo de Campanha da Princesa este reconhecimento que realmente não faço por merecedor.

- Não que queira glorificá-lo. Realmente, aquela situação foi uma situação preocupante. Apesar de nossos portos serem fechados aos estrangeiros, aqueles aventureiros não se deram por vencidos, aqui estavam, armados e orientados para tirar da nossa Pátria Mãe os recursos de nossa colônia. Nada pôde evitar a entrada daqueles mercenários. Caso tivesse tido êxito em sua ação, Sr. Ribas, certamente novas levas de estrangeiros viriam à procura de nossas riquezas. Todos as potências europeias têm curiosidades acerca de nossa colônia. Sabem que é um país rico e onde muito mais riquezas estão por serem descobertas e exploradas. Estas informações mais a exclusividade de exploração reservada a nossa metrópole certamente criam nos estrangeiros muita cobiça. Não há como negar que a derrota dos mercenários estrangeiros foi fator limitante até mesmo de uma eventual invasão estrangeira. Sabem agora que aqui os homens têm valor e defendem sua terra.   Pois bem, pergunto-lhe, Sr. Braz, o que o traz novamente a Campanha da Princesa?

- Vim pedir desesperadamente a sua ajuda, padre.

- Ajuda!? Será uma honra para mim poder dar meus humildes préstimos ao senhor. Em que posso ajudar, Capitão Braz?

- Preciso de sua orientação e de sua prece para a saúde de minha esposa.

- Certamente lhe prestaremos toda a ajuda necessária a recuperação de sua esposa. Conte-me sobre o mal que a aflige.

- Após a morte de meu filho caçula, Roque Ribas, minha esposa transformou-se completamente. No princípio estava triste, o que atribuímos ao luto. Porém, foi agravando-se. Hoje ela é uma mulher sem emoções, sem sentimentos, sem expressões, isolada, mal articula algumas palavras ou alimenta-se, não faz nenhum tipo de serviço da casa, não cumpre com suas obrigações de mãe, esposa e de patroa. Vem deixando até mesmo de cuidar de si mesma, num quadro desesperador de se ver. Aquela mulher trabalhadeira, disposta e sempre alerta aos acontecimentos hoje é alheia, abandonada por ela mesma, sem vaidade, vitalidade, sem vontade de viver... Falta-lhe até mesmo a higiene.

- Fez algum tratamento?

- Todos os disponíveis. Ervas medicinais indígenas, africanas e da metrópole. Utilizamos de todos os recursos de que dispomos.

- Teremos então que procurar por outros caminhos. Certamente não teremos facilidade em achar uma cura para sua esposa porém vamos valer de todo o conhecimento que temos e de toda a nossa fé para podermos ajudá-lo. Qual a sua santa de devoção?

- Somos devotos de Rita de Cássia. Construímos uma capela próxima ao Sapucahy.

- Esta é a santa dos impossíveis. Das causas perdidas... Parece-me bem conveniente. Vamos dedicar a ela uma novena e oferecer boas promessas que deverão ser cumpridas antecipadamente.

- Padre Setembrino, já fizemos e cumprimos várias promessas, já rezamos terços, já praticamos todos os atos prováveis.

- Estão estamos diante do grande mal! Já a analisou para a presença de possessões diabólicas?

- Sim, padre Mariano não detectou a presença de espíritos maléficos. Mesmo assim completou o ritual de exorcismo o qual confirmou a ausência de interferência satânica. O mesmo padre Mariano indicou-me uma avaliação com um médico da metrópole. Segundo soube, aqui na colônia não há médicos para doenças da mente. Haveria de levá-la ao além-mar.

- Sr. Braz, pelo que relata a situação é realmente grave e em estado adiantado. Não devemos dispor de muito tempo e temos um grande desafio que acredito estar além das minhas forças. Precisamos de alguém com maiores conhecimentos religiosos, místicos e com acesso ao poder emanado das relíquias.

- Ora, Padre Setembrino, não dispomos de recursos deste tipo aqui na colônia. Não existem santos por aqui nem mesmo relíquias. Estamos a centenas de léguas de Portugal onde poderíamos ter relíquias. Não disponho de recursos e nem de tempo para seguir uma viagem para além-mar.

- Acalme-se, Sr. Braz. Sempre há uma solução. Muitas vezes estão mais próximas do que imaginamos. Vou sugerir ao senhor que consulte o monge Dom Manoel de Santiago que vive em Aiuruoca. Ele é um sábio e estudioso além de um homem santo. Certamente, se houver a informação de que precisa, ela estará em suas mãos.

- Como faço para poder estar com ele?

- Siga a sua viagem no sentido da Pedra Branca. Lá chegando contorne-a e siga para noroeste até Baependy e de lá para Aiuruoca.   Segundo a lenda, Dom Manoel vive lá em um pequeno monastério na Pico do Papagaio.

- Lenda? Eu preciso de algo real. Padre, minha esposa está desaparecendo! Não posso perseguir uma lenda!

- Nem sempre as lendas são fantasias! Há fatos muito palpáveis sobre a sua existência. Ouvimos muito sobre este monge ermitão. Não temos como comprovar a sua existência ou não. Não sabemos, com certeza, se tratar de fato ou lenda. Eu, particularmente, acredito ser fato. Você irá descobrir.

Capítulo II - O Ermitão

Sem perda de tempo, Capitão Braz preparou-se para seguir viagem rumo a vila de Aiuruoca. Foram cinco dias de viagem entre vales e matas. Ao aproximar-se pode ver uma série de picos majestosos em que um especialmente se destacava por possuir uma forma arredondada e harmônica em um terreno especialmente acidentado. A cidade ficava a 2 léguas de tais formações. A comunidade de Aiuruoca, que outrora transbordava pujança, ainda mantinha bom movimento comercial em sua longa rua principal. Bagageiras, cavaleiros, mulas e pedestres que iam e viam com todo tipo de produtos. A vila estava erguida em uma pequena elevação onde a segunda edificação da igreja de Nossa Senhora da Conceição demarcava o seu centro. Uma rua a ela chegava, seguindo por sua lateral esquerda para estradas rurais. Alguns casarios enormes e bem construídos destacavam-se no centro e contrastando com eles, nas periferias, típicas casas de lavradores pobres: choupanas com piso de chão batido em que as cozinhas são imundas, enlameadas, com piso desnivelado e cheias de fuligem devido a fumaça. Ao fundo, destaca-se a bela formação rochosa que domina a paisagem com seu esplendor. Deveria ser o Pico do Papagaio!

Adentrou a cidade e desmontou próximo à igreja. Ali, várias pessoas sentadas próximas as vendas preparavam seu fumo, tomavam uma dose de aguardente, compravam suplementos ou simplesmente caçavam uma boa prosa. Aproximou-se de uma das vendas, pediu uma dose de aguardente e ficou a pensar por alguns minutos. Nisto aproxima-se um senhor de média idade e pergunta-lhe:

- O senhor é novo por aqui. Está de passagem?

- Sim, estou de passagem.

- O que veio procurar nestas pastagens? O ouro de Aiuruoca já se esgotou...

- Não vim à procura de ouro ou de riquezas. Vim à procura de um homem. Dom Manuel de Santiago.

- Não conheço nenhum Dom Manuel de Santiago. Provavelmente fala de um dos Carneiro Santiago sesmeiros de Espírito Santo dos Cumquibus.

- Certamente não se trata das mesmas pessoas. Dom Manuel Santiago que procuro é um monge, um ermitão, um homem santo. Dizem que mora num mosteiro.

- Não há nenhum monastério em Aiuruoca. Aqui só temos o padre Francisco de Abreu e Silva. Alguém conhece algum Manuel Santiago?- exclamou o senhor aos presentes na venda e a resposta foi negativa. Será que o monge não existia?

Saiu da venda, atravessou a rua e procurou pelo padre Francisco. "Haveria de haver algum mosteiro", pensava. Passou pela igreja e o padre não se encontrava. Deveria estar na casa paroquial que não ficava longe. Lá chegou e foi informado que o padre havia saído para uma extrema-unção. Só voltava em dois dias.

Aborrecido com os desencontros, Braz Ribas decidiu permanecer na cidade por mais alguns dias aguardando pelo padre Francisco. Hospedou-se em uma pensão próxima ao centro. Era uma grande com muitos cômodos e administrada por uma senhora de meia-idade da família Goulart Pereira. Lá encontrou em os hóspedes um senhor de nome Euclides. Trabalhava como mensageiro da diocese de Mariana e viera até Aiuruoca trazer documentos e correspondências oficiais para a paróquia e deveria seguir viagem para outras vilas da região.

- Não pude deixar de ouvir que o senhor procura o padre Francisco de Abreu e Silva. Eu trabalho na diocese de Mariana. Está mesmo a procura de um mosteiro em Aiuruoca?

- Sim, respondeu Braz, estou à procura de um suposto mosteiro localizado na região de Aiuruoca.

- Nunca ouvi em conversas em Mariana de que há um mosteiro por aqui. Eu acredito que não haja mesmo. Um mosteiro é algo que não se esconde com facilidade! Entretanto, já ouvi em conversas muito discretas de que existe um religioso que vive em reclusão em cavernas. Não se apresenta em público. Há pessoas de uma ordem que o conhecem e o mantém suprido e escondido. Tudo me parece muito misterioso. Perguntas sobre este ermitão sempre recebem respostas evasivas.

- Diga-me, onde encontro com este monge?

- Não sei informar. O que soube é que ele moraria em uma caverna junto a uma grande serra. Provavelmente seja a do Papagaio. Sugiro aguardar a chegada do padre. Talvez ele saiba mais detalhes.

Braz sentiu-se mais animado após o contato com Euclides. Uma nova esperança surgia em sua mente. Já seriam duas as informações que direcionariam para a existência de um ermitão naquela região: a orientação do padre de Campanha e agora este boato de Mariana.

Na manhã seguinte, Braz tomou rumo da igreja logo nos primeiros badalares dos sinos. Esteve com padre Francisco de Abreu e Silva assim que terminou a missa.

- Padre Francisco? Meu nome é Braz Ribas e gostaria de falar-lhe.

- Pois não, meu filho. Em que posso ser-lhe útil?

- Estou à procura de Dom Manuel Santiago, o ermitão.

- Oh!... O que quer com este senhor?- perguntou espantado o padre.

- Fui orientado pelo Padre Setembrino, de Campanha da Princesa que viesse até aqui para encontrá-lo. Segundo o padre nele estaria a única chance de cura de minha esposa. Preciso vê-lo! O senhor sabe como posso encontrá-lo?

- Dom Manuel Santiago é uma lenda. Uma lenda que não sabemos se viva ou não. Eu nunca estive com ele e sinceramente não sei se ele realmente existe. Eu acredito que tudo não passe de um conto de fadas! Contam que este ermitão de nome Dom Manuel vive ou viveu na Serra do Papagaio. Não creio que valha a pena procurar por ele num lugar tão inóspito. Procure a cura de sua esposa com outras rezas, promessas ou tratamentos. Dom Manuel é uma lenda. Aconselho-lhe a não seguir com esta procura. Os altos do Papagaio são perigosos e sua busca será vã.

- ...Mas, Sr. Padre, em Campanha da Princesa...

- Trata-se de uma lenda! Não há o que ver aqui.

Decepcionado adiante das evasivas de Padre Francisco, Braz Ribas agradeceu e sentou-se em uma porta de comércio no centro da vila. Precisava resolver o que fazer. Realmente, o padre estava certo. Só perderia seu tempo procurando algo que ninguém nunca viu. As lendas estão na imaginação e Floriana precisava de algo real e rápido. Não tinha muito tempo para filosofias e descobertas.

Decidiu-se então pela partida. Voltar para a sesmaria e tentar algum procedimento ou aguardar por um milagre. Pôs-se de volta a selaria onde havia guardado seu cavalo e preparou-se para voltar. Instantes antes de sair, depara-se novamente com Euclides que surgiu do nada como que se o seguisse.

- Sr. Braz, conseguiu as informações com o Padre?

- Infelizmente, as informações que obtive são desanimadoras. Parece que Dom Manuel é só uma lenda. Uma estória, uma fábula.

- Sinto seu sofrimento e vejo no senhor um desânimo e uma grande derrota. Fiquei observando-o este tempo todo. Fiquei aqui porque senti que receberia uma resposta evasiva e uma tentativa de afastá-lo do Papagaio. Não lhe contei tudo que sei sobre Dom Manuel...

- Homem de Deus! Conte-me então!

- Siga-me até um lugar mais reservado.

Seguiram ambos até a margem do rio Aiuruoca que corta a parte baixa da cidade. Lá, sentaram-se em uma pedra seca na sua margem junto a uma corredeira que produziam ruído suficiente para abafar a conversa.

- Padre Vonilton era um padre estudioso da diocese de Mariana. Adoeceu repentinamente, de uma febre, enquanto viajava comigo. Ao leito para a morte passou a mim uma pasta com documentos sobre "O aprisionamento do Papagaio". Pediu-me que os entregasse ao bispo. Morreu ali mesmo. O enterrei, peguei seus pertences e o documento e segui para Mariana. A viagem foi longa e num dia de muita chuva e o documento acabou por molhado em meu embornal. Assim que o tempo limpou, coloquei todos aqueles papeis ao sol e... acabei por lê-los em parte.

- O que diziam eles?

- Falavam sobre um sacerdote que veio para esta região e deparou-se com muitas tragédias como doenças, discórdias com mortes e catástrofes entre brancos e entre os nativos da terra. Acabou por descobrir que por detrás de todos aqueles acontecimentos estava um demônio que se apossava das pessoas e as endemoniava. Ele conseguiu aprisionar o maligno em uma caverna no Pico do Papagaio. Este sacerdote manteve-se no pico montando guarda para que o demônio não fosse liberto. Com o passar dos anos, foi envelhecendo e perdendo as forças e precisou ser substituído. Desde então, há sempre um guardião no Papagaio e atualmente é o Dom Manuel Santiago que foi escolhido por uma irmandade que era chefiada pelo Padre Vonilton.

- Portanto, Dom Manuel existe?

- Sim, ele existe e é guardião de forças sobrenaturais capazes de até mesmo aprisionar um demônio!

Entusiasmado, Ribas não esconde sua ansiedade.

- E como chego até ele?

- Não sei exatamente a localização. Provavelmente entre o pico da Esfinge e o pico do Papagaio. Segundo consta, existe uma irmandade que supre o guardião com alguns produtos, alimentos e roupas. Entretanto, ninguém sabe quem são estes homens. São tanto ou mais místicos que o próprio Dom Manuel. Vagam pela região vivendo cada época em uma área da cercania.

- Preciso encontrá-lo! Há algo que preciso fazer para estar com Dom Manuel?

- Não sei como estar com ele. Sugiro que vá diretamente a Serra do Papagaio e procure entre os dois picos que lhe relatei. Lá possivelmente encontrará pistas que o levará a encontrá-lo.

A serra do Papagaio apesar de nitidamente visível desde qualquer ponto da vila, era distante. Duas ou três

Léguas em caminhada acidentada. Padre Francisco explicou-lhe que a Serra do Papagaio ganhou este nome não devido a qualquer semelhança com a ave mas sim porque por aquelas montanhas facilmente era encontrado o raro papagaio do peito roxo.

Braz estava pronto para seguir. Voltou seu cavalo para a selaria da cidade e assim seguiu sua missão. Tomou a direção sudoeste seguindo o Pico do Papagaio. Uma estreita trilha muitas vezes obstruída por galhos, ramas e cipós levava até a Serra. Com mais de dois mil e cem metros de altitude, mil e cem acima do piso da cidade, o Pico do Papagaio é uma obra fascinante da natureza. Uma belíssima rocha esculpida envolvida por um colar de esmeraldas. Suas rochas possuem sulcos de onde brotam exuberante vegetação.

O primeiro lance da serra era bem íngreme e a escalada prolongava-se por mais de 600 metros em terreno pedregoso. Havia uma pequena trilha com não mais que 50 cm de largura que direcionava a caminhada em direção do Papagaio. Vencida a primeira etapa estava exausto. Chegou a um planalto onde a vegetação era composta por arbustos baixos com troncos retorcidos diferente da vegetação a que estava acostumado a ver. Seguiu em caminhada que continha uma subida discreta até chegarem a uma fonte. Águas cristalinas corriam rapidamente em direção a uma grande piscina natural cujo fundo era perfeitamente translúcido dada a pureza da água. As baixas temperaturas da água e sua indiscutível qualidade transformavam aquele espaço em um verdadeiro oásis. Encalorado pelo sol escaldante e cansado pelo esforço desprendido para a subida, Braz Ribas deitou-se na relva e descansou por alguns minutos.

Algum tempo depois, seguiu sua caminhada rumo ao topo. As pequenas árvores contorcidas, secas e feias, davam agora lugar abruptamente a uma mata tropical com características muito similares as de sua sesmaria. Uma mata fechada e úmida dominada por uma grande variedade de árvores, orquídeas, cipós, trepadeiras e palmas. Árvores de troncos grossos como os jequitibás, perobas e jacarandás eram visíveis com grande facilidade. Pequenos riachos formavam sonoras cascatas que estavam disseminadas pela paisagem. O clima ameno e as sombras produzidas pela densa vegetação davam a caminhada tranquilidade e conforto consideráveis. A vida animal era farta. Pássaros, répteis e pequenos mamíferos escondiam-se quando da passagem do intruso. A certa altura, percebeu ser observado. Astutamente pôr-se a observar também. Foi quando notou nas sombras da mata um par de olhos brilharem. Era um grande gato selvagem conhecido como jaguatirica. Não representava perigo. Alguns o tinham até como animal de estimação. A sua beleza e sua relativa docilidade fizeram com que muitos o tivessem em casa. De hábitos noturnos, representa especial ameaça aos galinheiros. Possivelmente deveria ser uma fêmea com um filhote por perto e estava assegurando-se que o intruso estava só de passagem.

A caminhada mante-se dentro da mata tropical até chegar a uma grande pedra. Deveria ter uns 15 metros de altura por poucos mais de largura. Parecia estar solta num solo pouco rochoso. Provavelmente desprendeu-se do topo da serra e veio rolando até parar naquela área. Sua dimensão dava ideia da grandiosidade do Papagaio. Seguindo acima pela trilha, chegou até uma área descampada e incline sobre uma enorme rocha que permitia a passagem apenas a sua direita. À esquerda apresenta um enorme e abrupto corte vertical. Um grande perigo! Deveria seguir o mais próximo possível da margem direita fugindo de uma possível queda fatal. Quando já estava no terço final da escalada daquela rocha, o piso vai tornando-se escorregadio pela presença de água que brota de uma fenda na rocha granítica. A pedra lisa e o grande vão livre a esquerda fez Braz diminuir seu ritmo e estudar cada passo a ser dado chegando finalmente em um outro grande planalto onde a vegetação era rasteira de campo entrecortada por pequenas rochas. Não havia árvores e deparou-se com grande quantidade de uma pequena planta aromática que conhecia desde Portugal: a hortelãzinha ou poejo. Daquele campo nas alturas, podia ver a sua direita dois picos bem distintos o pico da Esfinge e o Pico do Papagaio.

A temperatura caia, as nuvens quase que o encobriam. A caminhada deveria continuar. Seguiu rumo leste para os picos. Deixando o campo, ouviu um zumbido que vinha aproximando-se. Imobilizado, viu aproximando-se rapidamente um enxame de abelhas africanas. Deitou-se no chão na tentativa de não ser percebido. Por ele passou aquela mortal nuvem viva de insetos produzindo um som assustador. Seguiram adiante e pousaram sobre um cupim onde provavelmente estivessem alojados. Um ataque de algumas daquelas guerreiras é invariavelmente mortal. Rapidamente Braz tomou outro caminho se seguiu para seu destino.

Como aconteceu com as vegetações anteriores, o campo de Poejo desapareceu abruptamente dando novamente lugar a mata tropical. Esta, foi rapidamente também substituída de maneira também abrupta, por uma mata de Cambuís. Cambuí é uma árvore parente da goiabeira, tem troncos de madeira dura e retorcida. Produz flores brancas miúdas que exalam um perfume muito atraente às abelhas, daí a presença do enxame. O conjunto de centenas de cambuís criou um ambiente de rara beleza e encantamento. Ribas maravilhou-se com as árvores, seus troncos e raízes que tornaram aquele trecho da serra de uma beleza especial. Tomou, porém, a precaução de acelerar a marcha afim de evitar um reencontro com as africanas.

Finalmente chegou próximo aos picos. Precisava achar uma passagem até seu topo e ao mesmo tempo manter-se sempre atento na busca de alguma construção humana. Em algumas horas circundou toda a elevação que leva aos picos. Procurou seguir os veios d'agua. Não há vida sem água! Em um nível inferior do Pico achou uma boa bica que corria para uma cachoeira. Sob a terra úmida das proximidades, encontrou pegadas de animais que identificou como de cães ou pouco provavelmente de um lobo guará. Se há cães há humanos, pensou. Os cães não fazem parte da fauna brasileira e portanto são domesticados que vieram da Europa. Sua origem é asiática do cruzamento entre lobos e chacais. Desse cruzamento originaram-se animais mais dóceis que foram ainda selecionados pelos humanos: os que quando adultos se mostravam ferozes não aceitando a presença humana eram descartados e os dóceis, tolerantes e obedientes eram acasalados. Gradualmente, criou-se o cão doméstico. Este mesmo cão estaria ali presente o Pico do Papagaio. Tornou-se um amigo dos humanos. Um companheiro. Pessoas solitárias muitas vezes utilizam-se de um cão para companhia. Estava na pista certa!

Atentamente continuou a sua busca. Mais a frente, encontrou uma área com uma clareira com a vegetação nativa baixa como que podada e pisoteada. Estava próximo de seu destino. Adiante, em uma grande rocha notou uma abertura que dava em uma caverna. Adentrou pela fenda e lá nada encontrou, apenas escuridão e umidade. Não havia nenhuma possibilidade de habitação humana nela. Seguiu adiante e uma outra rocha pareceu-lhe estranha. Sua coloração havia mudado bem como a sua forma. Naquele trecho a rocha não era granítica e sim arenítica ou calcárea. Observou atentamente pôde confirmar esta impressão. A rocha era macia. Pouco mais e notou a presença de orifícios harmônicos na rocha dispostos em níveis. Não parecia com nada da natureza. Certamente uma arquitetura de homens. Havia localizado o monastério de Dom Manoel! Uma sequência de cavernas esculpidas pelo homem em pedra macia. Lembrava as cavernas que havia ouvido relatos de existirem em Goreme, na Capadócia, esculpidas pelos primeiros cristãos que criaram verdadeiras cidades no subsolo para fugir as perseguições dos primeiros séculos. Entretanto, havia uma grande diferença entre as esculpir nas rochas do Pico do Papagaio e nas rochas da Capadócia. Essas, são formadas por deposição de larvas e cinzas vulcânicas depositadas por vulcões. Na cordilheira dos Montes Taurus há grandes vulcões capitaneados pelo grande vulcão do Monte Erciyes, seguido pelos dos montes Hasan, Melendiz e Gollu que em suas sucessivas erupções elevaram o planalto central da Anatólia em 200 metros com a deposição do material fértil e macio. Cinzas, arenito, argila, basalto, rochas ígneas, tufos macios e outros materiais contrapunham-se a formação antiga e rochosa dos terrenos do planalto brasileiro. Esta característica do solo fez com que criassem verdadeiras cidades esculpidas nas rochas elevadas e muitas interligadas por um labiríntico sistema de túneis. Ao lado das moradias e depósitos existiam também mosteiros e igrejas ocultas no solo ou em montes.

Adentrando as cavernas, vencia um labirinto de pequenas câmaras sucessivas. Prosseguiu observando a complexidade do monastério. Salas decoradas com rústicas pinturas sacras conectadas com salas menores que em suas paredes abrigavam utensílios e mantimentos. Tochas estavam posicionadas nas portas para boa iluminação e melhor exaustão. Em um dos ambientes, uma destacava-se pela decoração e a presença de um simples altar. Era uma capela. Escadas levavam a um nível superior onde salas menores eram forradas com palha seca criando um ninho de repouso. Andou por todo o complexo de cavernas porém por ninguém encontrou. Saiu e pôr-se de plantão na entrada do templo. Parecia ser como os monastérios de Goreme, na Capadócia, que tanto ouvira contar através das histórias dos cruzados. Cansado, acabou por dormir por algum tempo até ouvir um latido forte e o rosnar de um cão. Assustado, pôr-se em pé. A alguns metros viu a silhueta e um homem com um cachorro vindo em sua direção.

- Dom Manuel! Dom Manuel!, gritou Capitão Braz. Que Deus seja louvado!, encontrei-o! Venho em paz! Eu sou Braz Ribas e preciso pedir-lhe ajuda.

O homem seguiu andando sem dizer uma palavra. O cão continuava a latir. Ao chegar bem próximo, Braz Ribas pôde ver a sua face. Um homem acima dos sessenta anos, com longos e grossos cabelos e barba, vestia uma túnica de algodão grosseiro na cor marrom e em torno de seu pescoço debruçava um crucifixo rústico de madeira. Era um verdadeiro ermitão!

- Dom Manuel, perdoe-me pela invasão de sua privacidade. Só estou aqui porque preciso muito de sua ajuda. Meu nome é Ribas, Braz Fernandes Ribas! O senhor é a minha única esperança.

Seguiu-se um instante de silencio somente quebrado pelo rosnar do cachorro. Repentinamente, o ermitão voltou-se a Ribas e lhe disse:

- Que a paz do Senhor Deus esteja convosco! O que fazes por aqui?

- Amém! , respondeu. Vim porque preciso de sua ajuda. Preciso de sua sabedoria para salvar a minha esposa que sofre e faz sofrer todos aqueles que a amam. Padre

Setembrino de Campanha da Princesa, orientou-me que a única pessoa capaz de me ajudar seria o sábio Dom Manoel. Cheguei a pensar que o senhor não existisse porém fui orientado a vir até aqui por um bom amigo.

- Sim, bom homem! Eu existo! Mas sou um pobre servo de Deus à procura de conhecimentos e servindo aos seus interesses. Não sou sábio. Sábio é aquele que tem a sabedoria! A sabedoria é algo que emana de Deus. "Ó profundidade da riqueza da sabedoria e do conhecimento de Deus! Quão insondáveis são os seus juízos e inescrutáveis os seus caminhos! (Romanos 11:33)". Eu a procuro. É o conhecimento inspirado nas coisas divinas e humanas. À medida que nos aproximamos de Deus somos saciados com o conhecimento que é a matéria-prima da sabedoria. Sem conhecimento não há sabedoria e a sabedoria é a aplicação correta do conhecimento. É você saber como e o que fazer. Portanto é necessário conhecer o sagrado e ter fé. Salomão é nosso exemplo: "Deus deu a Salomão sabedoria, discernimento extraordinário e uma abrangência de conhecimento tão imensurável quanto a areia do mar. A sabedoria de Salomão era maior do que a de todos os homens do oriente e do que toda a sabedoria do Egito. (1 Reis 4:29-30). Através do Espírito Santo, Deus nos preenche com conhecimento para que tomemos nossas decisões de maneira acertada. Na sede pela sabedoria, busquei o conhecimento por muitos lugares mas nunca o encontrei na plenitude. Por muitos anos percorri o mundo, estive em Roma, Jerusalém e na Anatólia à procura dele mas só o encontrei em partes. Estas partes criavam mais dúvidas do que respostas. Só achei conhecimento esparso e generalizado. Conhecimento parcial, avulso. Coletei dados, informações, experiências e vivência para enriquecer meu conhecimento e quem sabe adquirir a sabedoria. Foi em vão. Tenho muito conhecimento porém não tenho a sabedoria. Foi aqui, neste monastério que aprofundei na busca pela sabedoria. Contemplando a Deus e a sua obra, posso na solidão, com meus pensamentos, catalogar dados, associar conhecimentos para criar ideias. Organizo tudo o que sei e apresento-os ao Senhor que através do Espírito Santo dá-me a clareza dos fatos. Sabedoria portanto, é Deus que nos concede, o dom de transformar a informação em solução. Isto é a sabedoria.

- Hoje tem a sabedoria?

- De maneira alguma. Tenho conhecimentos acumulados pelos anos de vivência e de estudos porém a sabedoria de achar soluções vem da ação do Espírito Santo. Algumas vezes, o Espírito Santo pousa sobre mim e consigo enxergar as coisas mais claras mas esteja certo, não sou sábio, é o Espírito Santo agindo sobre este pobre homem.

- O senhor vive nesta serra somente para a contemplação?

- Não, tenho também a missão de servir a Deus e aos homens. Tenho uma missão.

- Sua missão era construir e manter este monastério esculpido na rocha?

- Não, não, não... respondeu sacudindo a cabeça. Estas cavernas esculpidas nestas rochas não foram feitas por mim. Foram outros que a fizeram. Muitos outros. Havia entre os construtores um proveniente de Antioquia. E ele ao perceber que parte da rocha do Pico do Papagaio tinha certa maciez, sugeriu que fizessem como na Capadócia onde os primeiros cristãos, perseguidos por árabes, judeus e outros escavavam igrejas e capelas nas rochas macias e elaboravam rotas seguras de fuga em caso de invasões. Estas rotas de fugas eram as cidades subterrâneas. Os invasores, ao chegarem, encontravam todo o local vazio. Os cristãos estavam sub seus pés a até 100 metros de profundidade. Cada cidade subterrânea podia comportar até 20 mil pessoas e eram tantas as saídas possíveis que sempre mantinham uma precária rede de abastecimento. E assim aqui foi feita esta pequena escavação, para homenagearmos todos aqueles cristãos do oriente que mesmo perseguidos souberam manter a fé, a esperança e a luta contínua contra tantas nações e credos que tentavam destruí-los.

- Certamente, deve estar curioso sobre a minha vinda, Dom Manuel. Vim à procura de ajuda. O senhor pode me ajudar?

- De que serve o conhecimento senão para ajudar? Certamente, Sr. Ribas. Para gerar sabedoria necessária para resolver seu problema precisamos do conhecimento elementar e da fé para que o Espírito Santo haja sobre ti e lhe abra as portas da sabedoria clareando-lhe as soluções. Mas qual o problema que o aflige?

Braz explicou a Dom Manoel o grave quadro de sua esposa. Detalhou as condutas tomadas, todas as ervas utilizadas, as simpatias e as preces. Nada havia surgido efeito. O quadro só agravava.

- Para solucionar o problema deveremos ter o conhecimento necessário para o manejo da doença da mente. Nestes próximos dias ficarei recluso em imersão junto a Deus clamando para que me forneça através de seu Espírito Santo a sabedoria necessária para que eu o oriente. Aflorará do conhecimento que tenho armazenado de anos de estudos e peregrinações. Mostrarei então a você, as chaves da solução para o problema de sua esposa. Para que você seja abençoado com uma resposta concreta é preciso que tenha fé e esteja aberto a receber também o Espírito Santo. Vou preparar-lhe para cumprir seu destino.

Dom Manoel acolheu Capitão Ribas em sua caverna. Durante o tempo que lá esteve seguiu a rotina espartana de um monastério. Rezavam o terço e recitavam ladainhas diariamente para depois entrarem em um mundo de silêncio e disciplina contemplativa dentro do templo. O ruído dos pássaros e o balançar das árvores com o vento propiciavam um magnífico ambiente para orações.

Para o velho Dom Manoel, a contemplação era uma rotina e era algo que ocorria naturalmente. Permanecia horas e horas em transe. Para Braz, a coisa não era tão simples. Destreinado, inabilitado a contemplar, os dias tornaram-se enormes e as limitações de conforto quase que insuportáveis. Aquele era mesmo um homem santo, pensava. Como suportava tantas privações e um rotina tão massacrante?! Um atleta da fé! Voltava suas lembranças para as histórias contadas por seu pai. Segundo dizia, eram comuns no início do cristianismo os "homens de Deus". Monges e ascetas que moravam isolados no alto de montes ou mesmo em pilares de alguma construção recebendo a alimentação diária de fiéis próximos através de cordas em roldanas. Viviam com todo tipo de privações. Um dos mais famosos foi São Simião, dito o Estilita, que permaneceu por cerca de 30 anos vivendo sobre uma pilar romano de 10 metros de altura. Ali alimentava-se, fazia suas necessidades e sobrevivia sob o sol escaldante e o frio congelante. Estes homens rezavam, contemplavam e filosofavam sobre a fé. Processavam o conhecimento a procura da sabedoria. A solidão, as privações e o sofrimento os elevavam até níveis mais próximos de Deus.

Dom Manoel mantinha uma rotina. Três vezes ao dia, interrompia sua meditação para afazeres diversos tais como alimentação, eliminação dos excrementos, cuidar da habitação e a coleta de frutos, ervas e raízes. Havia um discípulo, cujo nome verdadeiro era desconhecido que atendia pelo nome de Severo. Membro de uma irmandade que dava suporte ao ermitão. Por segurança criavam apelidos para serem chamados. Semanalmente trazia alguns produtos para completar a alimentação do monge. Severo recebera este apelido do próprio Dom Manoel em homenagem ao também monge e depois Bispo de Antioquia, um dos fundadores da igreja monofisista da Síria. Severo, o bispo, pregava a simplicidade e quando nomeado bispo escandalizou-se com os luxos dos predecessores e passou a sobreviver comendo pão barato e a deitar-se no chão para o repouso. Seu estilo de vida espartano e austeridade associado à sua filosofia atraiam Dom Manoel. A renúncia total ao conforto e aos prazeres da vida faz crescer a fé e aproxima a criação do criador. Ao renunciar a tudo, passa-se a observar e valorizar as mínimas coisas. Contemplar é ter a consciência viva do fato de que, em nós, a vida e o ser procedem de uma Fonte invisível, transcendente e infinitamente abundante. Contemplar é acima de tudo, a consciência da realidade dessa Fonte. Ela conhece a Fonte, de modo inexplicável, mas com uma certeza que vai além, tanto da razão como da simples fé. Severo, o irmão, morava nas proximidades de Aiuruoca e era um dos muitos católicos leigos recrutados para participar da irmandade.

E assim foram passando os dias. Austeridade, contemplação e oração. Aos olhos de Braz uma rotina próxima do insuportável. Isto que faz destes homens santos, pensava. Como podem suportar este tipo de vida?, perguntava a si próprio. No sétimo dia, às três horas da tarde, Dom Manoel interrompeu sua meditação chamou por Ribas e disse-lhe:

- Dom Ribas, já posso dizer-lhe que tenho um raciocínio lógico que poderá levar a cura de sua esposa. Nestes dias de meditação, coordenei meus conhecimentos a procura de uma solução. Pedi ao Espírito Santo que dentre organizasse estes meus dados e destacasse aqueles que nos seriam úteis trilhando um caminho seguro para a solução. Assim, utilizei de meus conhecimentos e pedi ao Espírito de Pentecostes que me desse a luz da sabedoria para aplica-los e solucionar o problema. E Ele me forneceu luz para iluminar um caminho.

- Oh!, Obrigado Senhor, por iluminar este nosso santo homem para trilhar e transferir a mim o saber necessário para a cura de Floriana, rezou alto Ribas.

- O caminho é longo e espinhoso. Mas você conseguirá! Amanhã, pela manhã, iniciaremos a descrição dos procedimentos que terá que tomar. Entretanto, para que entenda todo o processo vamos transmitir os conhecimentos necessários desde seu fundamento mais primário ao mais elevado. Hoje preciso descansar.

Aquela noite pareceu-lhe uma eternidade. O macio acolchoado de capim seco havia transformando-se um espinheiro. Não encontrava posição no leito. Os pés doíam, as mãos formigavam, a coluna fisgava e a barriga cochava. Uma noite sem fim imaginando qual seria a solução encontrada por Dom Manoel.

Capítulo III - São Bartolomeu

Dom Manoel acordava cedo. Como um felino, não fazia barulho. Andava como quem flutua. O mesmo não se descreve para o cão, que como todos, gostava de cheirar, fuçar e latir. Braz despertou-se nesta hora. Apesar da noite mal aproveitada, estava disposto a enfrentar o novo dia e suas soluções que lhe revelaria.

- Sr. Braz, disse Dom Manoel, paciência e atenção! Devemos voltar ao tempo de Jesus. Mais precisamente após a sua crucificação. Bartolomeu foi um de seus principais apóstolos apesar de pouco descrito nas escrituras. Foi o sexto deles. Era dos mais bem instruídos do grupo. Era amado por todos menos por um: Judas Iscariotes. Após a morte do Senhor Jesus Cristo, Bartolomeu seguiu com Filipe para a Ásia Menor afim de promover a evangelização dos povos. Lá trabalhou para a disseminação da fé verdadeira entre os pagãos. Ministrou os ensinamentos da nova filosofia aos poucos cristãos e muito ajudou na organização da Igreja da Armênia. Quando estavam em Hierápolis, Filipe e Bartolomeu hospedaram-se na casa de um convertido de nome Eustáquio enquanto trabalharam pela evangelização e contra o culto pagão idolátrico a serpente. Procurou por eles Nicanora, esposa do procônsul romano que sofria de males tidos como incuráveis. A esposa do magistrado creu nas palavras do Senhor e foi curada. Acabou repreendida pelo marido que exigiu a condenação de Filipe e Bartolomeu por magia. Após flagelação os apóstolos foram conduzidos até o templo da serpente onde oraram enquanto aguardavam a sentença. Filipe e Bartolomeu foram crucificados com as cabeça para baixo e um voltado para o outro. Próximo ao fim, Filipe roga à Deus que faça justiça contra aquela impiedade. Ouvindo suas preces, Deus fez romper a terra sob os pés dos descrentes sugando-os para níveis inferiores da Terra sem matá-los. Um terremoto. O templo da serpente foi destruído. Filipe não resistiu e morreu com sua missão concluída: Hierápolis tornara-se cristã. Bartolomeu foi poupado para continuar a sua missão.

- Eu não conhecia a história de São Bartolomeu! Mas qual a importância disto?

- Calma, Sr. Ribas, o conhecimento vem aos poucos e do pouco que sabemos sempre muito é utilizado. Vamos continuar...

E assim, continuou Dom Manoel.

- São Bartolomeu seguiu para o leste. Foi para Licaônia. Pregou durante muitos anos e fez milhares de convertidos. Finalmente, quando em Albanópolis, intercedeu pela filha do rei curando-a de um mal mental tido pelos sacerdotes locais como incurável até mesmo por seus deuses. Expostos e ridicularizados, os sacerdotes levaram Bartolomeu até o templo onde um anjo expulsou o demônio flamejante que habitava o interior do ídolo. Irado, Astiages, o irmão do rei, conjuntamente com os sacerdotes escalpelaram Bartolomeu e o crucificaram com a cabeça para baixo. Era a era de Nero, ano 68 d.c.. O rei, convertido ao cristianismo, mandou sepultá-lo em Albanóplis. No ano 508, o corpo de São Bartolomeu foi transladado para Dura Europos, na Mesopotânia por ordens do Imperador Bizantino Anastácio I. Antes do final do século VI, seus restos foram levados para as Ilhas Lípari, próximas à Sicília. Ali estiveram até 983 quando o Imperador do Sacro Império Romano-Germânico Otto III mandou transladar para Roma onde atualmente repousa na Igreja de São Bartolomeu-sobre-o-Tibre.

- Não vejo como uma história de mil anos poderá ajudar...

- Sr. Ribas, paciência. Precisa aprender a ouvir, disse Dom Manoel e, continuou.... Quando do translado de São Bartolomeu para a Dura Europos, na Mesopotâmia, todos os seus restos seguiram para lá como relíquia menos uma importante peça: a sua mão esquerda escalpelada. A mão que proferia as rezas, que saudava as pessoas e fazia as curas. Sem dúvida a mais importante das relíquias do apóstolo canhoto. Esta peça desapareceu. Ficou sem aparecer por muitos anos até ser descoberta no século XII na base da Coluna de Constantino, em Istambul, Império Otomano. Naquela época, a Coluna tombou em uma tempestade e sua base ficou exposta mostrando o tesouro guardado aos seus pés. Em um relicário de ouro bem alojado em uma caixa de pedra sob o monumento caído de Constantino. Junto a ele ainda estavam o machadinho de Noé, o óleo de ungir de Maria Madalena e restos de pães multiplicados por Cristo. Não se sabe por qual motivo estas relíquias foram escondidas sob aquele monumento. Um tesouro santo. Rapidamente a construção foi reerguida e as relíquias novamente desapareceram. No início do século XVII, uma igreja foi feita em honra a São Bartolomeu em Évora, Portugal. Padre Laureano Martins foi o responsável pela obra e sua ermita foi rapidamente reconhecida pela realização de muitos milagres sendo assim por muitos procurada. Próximo a ermita foi criada uma casa para doentes mentais onde muitos dos afligidos por estas doenças, como de sua esposa, foram curados. Para alguns milagres, para outros magia, para outros ciência. Ciência que viria da cultura grega. Alguns chegavam a recordar lendas antigas como a dos antigos pergaminhos de Bérgamo de milhares de anos. Neles, descreviam os cuidados dos males do humor e da mente. Os gregos acreditavam que o semideus pagão Asclépius era o responsável por dar a vida e a saúde ao ser humano. Conta a lenda que Asclépius é filho de

Apolo com a humana Koromis, filha de Ares e Khrysa.
Durante a gravidez, Koromis apaixonou-se pelo belo Iskhys da
Arcádia. Enciumado, Apolo matou a ambos. Porém, retirou em
vida seu filho Asclépius da barriga da já falecida Koromis.
Apolo o entregou a Khiron, que era metade homem e metade
cavalo, um sábio que o ensinou como preparar medicamentos
para curar as doenças. Hades, o deus das profundezas ficou
irritado com a atuação de Asclépius curando os moribundos e
foi queixar-se à Zeus. Zeus acabou por matar o neto com um
de seus raios. Ao ser atingido pelo raio, Asclépius segurava o
pergaminho com as suas receitas, que caiu ao solo e credita-se
tenha transformado no alho. Outros, acreditam que este
pergaminho foi salvo e utilizado posteriormente pelos
humanos nos vários templos construídos em honra de
Asclépius, principalmente em Bérgamo. Além de templos
estas construções tornaram-se centros de cura que chamavam
de Asclepião. Em Bérgamo, médicos famosos como Claudius
Galenos e Aulius Aristeides desenvolviam trabalhos
surpreendentes de tratamento. Há rumores que tiveram acesso
a parte dos antigos manuscritos de Asclépius. Porém, isto tudo
está perdido. Os Asclepiões estão desaparecidos soterrados
por terremotos e sepultados pelo tempo. E as receitas de
Asclépius não passam de lenda. Na verdade, o poder destas
curas estava na relíquia de São Bartolomeu que ali repousava
secretamente. Naquele mesmo século, houve a Guerra da
Restauração, quando Portugal tentava desfazer da anexação à
Espanha decorrente do reinado de Felipe. Naquela época,
Dom João da Áustria, liderando tropas espanholas
promoveram grande destruição em Évora e sobretudo à ermitã
que invadida, foi transformada em quartel. O pároco,
preventivamente desfez-se da relíquia ao confrontar-se com a
guerra, enviando-a para local seguro. Em 1670, a ermita foi
reformada pelos fiéis, porém nunca mais seria a mesma. Em 24

de agosto daquele ano, o Maligno as soltas, invadiu aquele prédio para destruir o legado de São Bartolomeu e não deixar a ermitã ser como antes. O mestre de obras, morreu ao cair do andaime, a imagem de São Bartolomeu exposta na fachada foi pulverizada e seu interior destruído. A reforma nunca terminou, o hospício acabou e os doentes nunca mais foram curados.

- São Bartolomeu curava doenças mentais?

- Sim, não só doenças mentais mas principalmente possessões diabólicas evidentes e ocultas.

- E a relíquia? O que houve com ela?

- Por conta do conflito entre Portugal e Espanha, o pároco da ermitã achou por bem levar a relíquia para o mais longe possível do confronto. É sabido que o maligno tem especial interesse em destruir esta relíquia milagrosa e poderia aproveitar-se dos conflitos militares para a sua destruição. Longe, estaria em segurança e ainda poderia ajudar a muitos que estão necessitados e muitas vezes longe dos recursos e das casas do Senhor.

- Para onde então ele a enviou?

- Para o Brasil!

Capítulo IV - A migração

Assustado com a revelação, Ribas mal podia aguardar pela conclusão da história. Parecia-lhe surreal a relíquia de um apóstolo estar na colônia. Local tão distante dos centros europeus e cuja importância ainda não existia. Ansioso, estimulava Dom Manoel a terminar o relato.

- Não posso acreditar. Ela está aqui entre nós?, perguntou Ribas.

- Sim. Ela foi trazida por um jovem diácono da emita de São Bartolomeu. Quando da eminência da invasão da igreja pelas tropas da Espanha, o pároco imediatamente retirou a relíquia, a transferiu para um relicário menor, mais leve e menos ornado e o entregou a seu mais confiável diácono. Era um jovem Evorense de dezoito anos. Um garoto apenas. Seu nome, Francisco Antunes. Sua missão era levar a relíquia para algum lugar seguro. Ele realmente não tinha muitas opções. A guerra com a Espanha havia fechado as fronteiras, a única saída seria por mar. Poderia utilizar os portos de Lisboa ou de Lagos, no Algarve. Temeroso do movimento da capital, optou por seguir rumo ao sul para a cidade de Lagos, famosa por lançar expedições marítimas. Lá apresentou-se ao navio Amável Donzela que estava atracado e pronto para zarpar. Ofereceu-se como auxiliar por já ter tido no passado alguma experiência no mar. Aceito, compôs a equipe do capitão José de Azevedo Santos e de mais 30 marinheiros que preparavam a galera para a travessia do Atlântico com uma escala em Cacheu, África. Ansioso para garantir a segurança da relíquia, o marujo Francisco entrou na nave, garantiu um lugar seguro para sua bagagem e assim levantaram vela para a costa africana. Inexperiente, ansioso por completar sua missão, pouco se interessou pelos detalhes da viagem. Após uma semana da partida com o navio vazio, chegaram ao porto de Cacheu, onde segundo foi informado pegariam uma carga da Companhia de Cacheu para ser levada até o Maranhão, na colônia do Brasil. Surpreendeu-se quanto da origem da mercadoria a ser enviada ao Brasil: homens, mulheres e crianças negras. Eram negros originados da Senegâmbia, de fé islâmica. Lotaram os porões do navio. Era uma carga viva!

- Sei como é a escravidão negra, Dom Manoel. É algo horrível. Estive com negros recém-chegados ao Vassalo, em São Sebastião do Rio de Janeiro para serem vendidos em leilões. Eram expostos e tratados como gado.

- Certamente. Em Portugal não existe a visão real do que é a escravidão nas colônias.

E esta ausência de consciência sobre o que aconteceria na viagem fez com que o jovem Francisco entrasse em conflito com os fatos. Ao partirem de Lagos, a viagem pareceu-lhe tranquila. O navio era novo e veloz. Uma galera sem remos com três mastros e vela redonda. O capitão experiente e a tripulação era até simpática. Eram 31 homens no total. Todos portugueses. Ao chegarem ao porto de Cacheu, entraram no porão 186 humanos negros que foram dispostos com um mínimo de espaço no porão de cargas. Os 30 dias da travessia até o Maranhão seriam de privações, dores e humilhação para aqueles homens. A alimentação restringia-se a uma concha de sopa rala oferecida duas vezes ao dia. Os excrementos eram eliminados ali mesmo no porão e pisoteados como em um chiqueiro. Os doentes não eram tratados nem mesmo aliviados. Quando muito doentes, o único cuidado tomado para com eles era tirá-los do contato com o restante da carga, atirando-os ao mar. Muitas vezes, amarrados a uma pedra de lastro, ainda vivos. Aqueles negros foram de sorte, geralmente a travessia levava 50 dias. Porém, o Maranhão é mais perto da

Europa e a travessia mais rápida pelas boas correntes custando menor número de vidas. Geralmente de 10 a 15% da carga é perdida. Desembarcaram no Brasil cerca de 168 negros e Francisco Antunes. O Amável Donzela foi preparado e carregado com algodão para ser enviado a Inglaterra. Os desembarcados foram vistoriados pelo Juiz da Saúde acerca das condições sanitárias que mesmo sendo precárias, a Companhia Geral do Grão-Pará e Maranhão as faziam parecer ideais aos olhos do Juiz da Saúde. Francisco ficou em São Luiz durante alguns dias. Sentia-se como que corresponsável pela "carga". Acompanhava de longe o sofrimento dos negros porém enfrentava a limitação do idioma. Mesmo assim, ia até eles e rogava ao pai por aquelas almas. Por serem mulçumanos, sentia ferrenha resistência. Associavam o cristianismo à escravidão e a opressão. Francisco persistiu e ao final de dez dias quando partiu para São Sebastião do Rio de Janeiro, já sentia uma grande aceitação. Aquele grupo do Amável Donzela foi facilmente convertido à fé cristã. Certamente, por intervenção do grande poder de São Bartolomeu. Um milagre da relíquia.

- A relíquia está então em São Sebastião?

- Não. Francisco chegou a São Sebastião após alguns dias de viagem. Estava a bordo com veleiro Maria Imaculada e também pagou sua passagem com serviços a bordo. Rapaz expansivo e culto, via as portas se abrirem para ele. Sua condição de diácono desde o início da viagem foi sempre ocultada. Vestia-se com roupas civis simples e portava-se com natural simplicidade. Como para todos, a chegada à Baia da Guanabara impressionou pela beleza esculpida por Deus. Desembarcou ficou alguns dias na cidade e sentiu que deveria seguir para o interior. Procurou um meio para a jornada. Encontrou uma tropa e como das outras vezes, ofereceu seus serviços em troca da viagem. Seguiu, então, para o interior da colônia numa tropa de mantimentos para as Minas do Ouro. Segundo soube era ali que estava o desenvolvimento da colônia, nas minas de ouro que prometiam muita riqueza. A Potosí portuguesa que começava! Depois disto não mais tivemos notícias de Francisco e da relíquia. Desconfiamos que esteja na mesma região. Cabe agora a você descobrir o que houve. Para onde foram. A cura de sua esposa está no poder da relíquia. Ela, a relíquia milagrosa de São Bartolomeu, aquela que afasta o demônio e cura as doenças da mente é a única esperança de cura para ela.

A desesperança tomou conta de Braz. Como poderia encontrar um tal Francisco Antunes em uma província enorme, selvagem e sem informações sobre seu paradeiro? Será que ainda vive? Ele teria vindo por volta de 1668. Se encontrasse sua pista, será que encontraria a relíquia? Já passaram mais de 130 anos desde a sua chegada. Onde estaria a relíquia? Suas dúvidas transpareceram na fisionomia. Dom Manoel, percebendo a sua transformação, mais uma vez o alertou:

- Tudo o que podemos fazer é aplicar o conhecimento. A sabedoria é saber bem aplicar o conhecimento com a iluminação pelo Espírito Santo. Use a sabedoria para achar seu objetivo.

Braz despediu-se de Dom Manoel e deixou seu monastério. Descendo do Pico do Papagaio, passou pela vila de Aiuruoca. A vida de monge não era fácil mas achar uma relíquia de 1800 anos e perdida a mais de 130 anos também não seria nada fácil.

Capítulo V - A moringa

Francisco Antunes fugiu de Portugal na época da Guerra da Restauração que deu fim a união ibérica que ocorreu entre 1640-1668. Portanto, há mais de 130 anos! Faz muito tempo! ...

Hospedou-se mais uma vez na hospedaria dos Goulart Pereira para um banho e um bom repouso em uma cama macia. O quarto não era grande. Cabia com folga uma cama com um bom colchão de capim, ao lado um criado mudo e uma pequena cômoda tendo sobre ela uma bacia, uma jarra d'agua para higiene. Prepara-se para repousar quando lhe bateram a porta. Era uma criança trazendo uma moringa com água potável e uma caneca. Estava em demasia cansado pelas noites sacrificadas e pelas jornadas excessivas de reza e contemplação. Certamente não era homem para isto! Adormeceu com facilidade. Vieram-lhe os sonhos. Sonhos analíticos. Vários dados e situações que vivenciou nos últimos dias surgiam de maneira embaralhada em sua mente adormecida. Alguns fatos, algum devaneio, muitas dúvidas e nenhuma solução vinha-lhe no sonho. Mais tarde, os sonhos agitaram-se. Não achava uma resposta, o tempo se extinguia e Floriana ainda sofria... No auge da agitação estende o braço direito e acerta-o na moringa. Esta desfaz-se ao solo criando um grande barulho e despertando-o. Quebrara a moringa e desperdiçara a água potável. Sem problemas, estava sem sede e disposto a pagar pelo prejuízo. Agora, o que precisava era dormir. Adormeceu novamente e em sonho pedia à Deus uma luz e a sua proteção.

Antes de clarear o galo já esbraveava seu grito de guerra. Entre as telhas das hospedaria infiltrava um pequeno vento frio que convidava a manter-se imóvel sob as cobertas. Ao mesmo tempo, raios de luz já anunciavam a chegada do dia. E seria um dia cheio! Era hora de acordar!

Ao chão, a moringa destroçada em duas partes. Em uma delas ainda se concentrava água e,... um rato morto. Abriu a janela atirou o rato por ela em direção a um matagal. Colocou a moringa quebrada no guarda-peito e foi preparar-se para o dia. Fez a barba, eliminou os excrementos num grande urinol esmaltado que havia debaixo da cama, trocou-se e aprontou sua bagagem para seguir viagem. A região era muito habitada por pássaros e estes logo vieram a pousar nos arbustos próximos à janela. Uma cena bela da natureza viva. Preparado, Braz Ribas seguiu até a cozinha da hospedaria para servir-se do café com bolo de fubá. Saciado, voltou ao quarto para apanhar suas coisas e seguir viagem. Ao entrar, depara-se com uma cena estranha: dois pássaros estavam mortos junto a moringa! - "Dois pássaros e um rato! A água estava envenenada... Tentaram me matar!"

Rapidamente, pegou suas coisas, seguiu até a estrebaria para apanhar seu cavalo e tomou ligeiramente o seu destino. "Há algo de errado aqui! Por que tentariam matar-me?", perguntava a si mesmo. - "Uma morte por envenenamento ou seja, uma morte sofisticada. Nada de violência ou de algo que deixasse marcas, mas algo discreto que cause uma morte que poderia muito bem ser tida como natural. O melhor que faço é deixar Aiuruoca".

Tomou a Estrada Real e seguiu rumo noroeste. - "Vamos descobrir esta história em Mariana, a sede da diocese".

Mariana foi a primeira vila das Minas Gerais. E torna-se capital da capitania e província devido a importância e a riqueza trazida pelo ouro. O nome da cidade foi uma homenagem à esposa de El Rey Dom João V, Dona Maria Ana de Áustria. Deixou de ser a capital em 1720 quando Vila Rica assumiu este posto. Entretanto, não perdeu o prestígio de ser a sede da Igreja Católica em Minas Gerais. Em dezembro de 1745, o papa Bento XIV criou a diocese por meio da bula Candor lucis desmembrada da de São Sebastião do Rio de Janeiro.

Após dez dias de cavalgada Braz Ribas chegou a Mariana. Ao entrar, dirigiu-se ao centro da cidade à Praça da Sé. Nela está a bela catedral em estilo barroco colonial e dedicado a Nossa Senhora da Assunção. Foi construída em 1704, mas a versão atual é de 1798 quando foram erguidas as duas torres e sua estrutura passou a ser de pedra e cal abandonando por vez, a taipa.

Braz Ribas procurou por uma hospedaria e seguiu para a Catedral onde primeiramente pediria à Deus forças para lutar e sucesso em sua jornada. Adentrou pela porta principal. A grande Catedral era impressionantemente linda. Possuía uma nave central e duas laterais. A capela-mor ricamente ornada com sofisticadas talhas douradas e rica estatuária. Seu teto decorado com pinturas do português Manuel Rebelo e Souza e alguns dos móveis imitam arte chinesa num reflexo direto do mercantilismo lusitano, num reflexo do nível de pujança que atingiu cidade e o Estado Português. Completava o ambiente de oração e contemplação o suave som emitido pelo órgão alemão, presente de Dom José I em 1753. Braz Ribas seguiu até a capela-mor e pôs-se a rezar junto a imagem de Nossa Senhora da Assunção. Terminadas suas orações voltou-se para a sacristia a procura do bispo.

- Bom dia, senhor! Estou à procura do bispo.

- Dom Frei Cipriano de São José encontra-se ocupado em reunião diocesana. Aguarde por favor que terminada a reunião irei anunciá-lo. A quem devo anunciar?

- Meu nome é Braz Ribas.

- Convidou-o a assentar e aguardar. Em breve o anunciarei.

Passados três quartos de hora, aproxima-se um senhor de aproximadamente sessenta anos em trajes franciscanos:

- Braz Ribas? Ouvi muitas histórias sobre ti. É um prazer tê-lo aqui em Mariana. Desde Portugal ouço contar suas aventuras contra mercenários estrangeiros e sua grande desenvoltura para a defesa de nossa colônia e de El Rey. É uma honra para mim conhecê-lo. Sou Dom Cipriano. Vamos entrar. Temos muito o que conversar.

Entusiasticamente, Dom Cipriano recebeu Braz Ribas em sua sacristia. Sentaram-se a mesa e puseram-se a conversar. Falante, amante das artes, da disciplina e da boa organização, Dom Cipriano não dava à Braz espaço para introduzir seu assunto. Falou sobre Lisboa, sobre Portugal como um todo, sobre Pombal, sobre a expulsão dos jesuítas, os sobre sua nomeação como bispo de Mariana em 1797 e de sua festejada recepção em 1799. Falou de seus planos para uma reestruturação administrativa da diocese motivada por abusos e incoerências que identificou. Citou e mostrou o projeto que ele mesmo fez para os jardins em redor do Palácio Episcopal. Braz Ribas ouvia as explicações mas já dava sinais de impaciência afinal, não viera discutir assuntos administrativos da diocese...

- Mas..., o que o traz até Mariana, Sr. Braz Ribas?, perguntou finalmente Dom Cipriano.

- Vim em uma missão muito importante para mim e para minha família. Vim na tentativa de curar minha esposa, mãe de meus dois filhos que se encontra vitimada de um mal mental que vem demonstrando-se incurável...

- Certamente colocaremos sua esposa em nossas orações...

- Fico agradecido e engrandecido de ter suas orações, Dom Cipriano. Entretanto, o real motivo para a minha vinda a esta tão distante cidade não se limita a suas orações mas sim a localização daquilo que pode salvar minha esposa: a Relíquia de São Bartolomeu.

Capítulo VI - Dom Cipriano

Ribas contou à Dom Cipriano toda a história. Dom Cipriano ouviu calado. Demonstrava facialmente surpresa e incômodo, mas escutou com paciência até que ele terminasse sua exposição. E disse então:

- Sr. Braz Ribas, temos muito o que conversar. Este assunto é algo muito sério e o guardião Dom Manuel de Santiago e todos os outros guardiões desde o século 17 é um segredo bem guardado pela Igreja. Como esteve com ele, não há como eu possa negar a sua existência para defendê-lo. Dom Manuel foi escolhido entre a irmandade para ser o guardião do Aprisionamento do Papagaio.

Por volta de 1645, um jovem diácono chamado Francisco, veio de Portugal com um poderoso amuleto, a relíquia de São Bartolomeu. Esta poderosa relíquia tem efeitos devastadores sobre o príncipe das trevas, que está empenhado há muitos séculos em destruí-la. Entretanto, não tem conseguido isto e, ainda hoje, o mal a persegue na tentativa desesperada de eliminá-la.

Quando o jovem Francisco vinha para Mariana pelo que seria depois a Estrada Real trazendo consigo a relíquia, as forças do mal o desviaram e o levaram até Aiuruoca. Um comando de demônios capitaneados pelo próprio Satanás, iludiu o jovem Francisco, o desviou, e foi emboscado no Papagaio.

As forças do mal têm planos terríveis para estas terras. Esta colônia é imensa e é o futuro de Portugal, o país mais cristão da Europa. Um grande inimigo potencial aos interesses de Satanás. Seu destino deve ser transformado, impedido.

Ao encurralá-lo, os demônios exigiram que deixasse a relíquia de São Bartolomeu dentro de uma caverna por eles preparada cujas paredes amaldiçoadas serviam de cela inexpugnável bloqueando o poder da relíquia, tornando-o nulo. O jovem diácono, num ato de coragem e fé abriu a caixa da relíquia expondo aquela sacra santa peça aos olhos dos demônios invocando em voz alta – "Valha-me São Bartolomeu, discípulo de meu Senhor". Neste momento um trovão ensurdecedor balançou todo o Papagaio e os demônios foram aprisionados na caixa externa da relíquia de São Bartolomeu e depositados na caverna inexpugnável que eles mesmos haviam criado. Enquanto eles estiverem presos a relíquia estará a salvo. Isto ficou conhecido como o Aprisionamento do Papagaio. O diácono seguiu sua viagem com a caixa interna que continha a relíquia para Mariana onde foi alertado, em sonho, para os riscos da libertação dos demônios por Satanás e seus discípulos. Reuniu um grupo de sacerdotes e religiosos e criou a irmandade dos Carcereiros do Mal cujo objetivo é evitar a libertação dos aprisionados que pode ser feita através da abertura da caixa da relíquia com a chave correta. Coube ao guardião portar esta chave. Dom Manuel é o quarto dos guardiões. Todos os demais foram tentados exaustivamente pelas forças do Mal a saírem do Papagaio onde estão protegidos da ação de suas malignas forças. Nunca conseguiram. Todos os guardiões completaram a sua missão. Aquelas cavernas, no alto da montanha tornou-se um santuário e o demônio não consegue atingi-los em sua forma. Atualmente, sabemos que um grupo de demônios age para tentar mais uma vez libertar os encarcerados e dar continuidade a seus objetivos diabólicos de alienação da humanidade e da destruição do poder divino. Para libertar os demônios encarcerados, precisam destruir a relíquia e assim a caixa se abrirá instantaneamente e seus malignos parceiros estarão a solto. Os demônios sempre tiveram seus objetivos frustrados pela presença poderosa de relíquias deixadas pelos santos e pelo próprio Senhor. Assim como destruíram a Igreja de São Bartolomeu, em Évora, que tantas bênçãos dava àquele povo, estão à procura da relíquia sagrada que foi trazida por Francisco para completarem a sua missão: destruí-la. Para tanto precisam da ação de homens mortais e realizem ações em que estão impedidos de agir.

- Esta relíquia está com os senhores, hoje?, perguntou Braz Ribas.

- Infelizmente, não. Não temos notícias da relíquia. Após a criação dos Carcereiros do Papagaio, Francisco com a relíquia desapareceram. Não temos certeza de onde podem estar, disse Dom Cipriano.

- Por onde podemos começar? Preciso encontrá-la, só ela tem o poder de curar minha esposa. Há alguma pista?

- Estivemos pesquisando uma igreja que leva o nome de São Bartolomeu e cuja construção coincide com a época dos fatos e está localizada na rota que provavelmente Francisco utilizou. Contudo, não encontramos nenhuma relíquia naquele lugar. Nada que nos remetesse à uma pista sobre o paradeiro deles. Apesar destas investigações terem sido feitas há vários anos, nada de novo foi acrescido ao estudo que gerou um documento...

- Ouvi falar deste documento. Estava em posse do Padre ? antes de morrer. Foi entregue pelo padre ao Sr. Euclides para devolvê-lo em segurança...

- Sim, ambos tiveram o mesmo fim trágico!

- Como assim ambos? Euclides morreu?

- Sim, foi encontrado morto numa cidade próxima a Aiuruoca: a recém fundada São Thomé das Letras.

- Os senhores sabem o que os levou a morte? Há alguma pista?

- Não sabemos ao certo o que houve. Tudo indica envenenamento. Homens possuídos pelo mal e sob total controle satânico. Algumas pessoas estão sendo usadas pelas forças demoníacas para agirem contra nós. Estão à procura da relíquia e da liberdade dos "Aprisionados do Papagaio". Euclides não portava nenhum documento ou informação relevante. O documento que querem, o dossiê do Papagaio está seguro em algum ponto da Diocese.

- Temos que fazer algo. Eles realmente estão agindo. Tenho real convicção de que envenenam pessoas... Qual passo deveremos dar? Tenho agora três bons motivos para achar esta relíquia: curar minha esposa, proteger nosso povo do mal e..., não ser envenenado!

- Ainda hoje, à tarde, vamos estudar as possíveis rotas tomadas pelo diácono Francisco para assim estabelecermos um plano de ação. Tenhamos fé que o Senhor de Pentecostes há de nos iluminar.

Braz Ribas passou aquele resto de manhã em companhia do bispo Dom Cipriano. De origem franciscana, Dom Cipriano levava uma vida espartana. Possuía não mais que duas mudas de roupas e um par de sandálias. Apesar de morar no Palácio Episcopal, dormia em uma cama simples e dura e alimentava-se com extrema simplicidade. Homem culto, estava constantemente estudando livros de pensadores católicos sobretudo Santo Agostinho, filosofia grega e era muito versado em história clássica e mitologia. Dominava línguas mortas tais como o latim, o grego clássico, hebraico e aramaico, a língua de Cristo , uma variante do hebraico. Relatava que sua vida girava em função de sua missão: a

Igreja. Não queria viver como Diógenes, o filósofo grego da escola cínica que recusava riquezas e a convivência social chegando ao extremo de morar em um barril, mas também não aceitava agrados, vantagens ou mimos. Gostava de viver o mais próximo possível da realidade de seu rebanho, sem o luxo e glamour que tantos apreciam. Dentro da Igreja, especializou-se em demonologia. Tornou-se uma referência no mundo lusitano para este assunto. Certamente sua nomeação para Mariana tenha sido motivada pelos ocorridos no Papagaio.

Conversaram por horas num quase monólogo de Dom Cipriano. Os conhecimentos adquiridos sobre os hábitos e estratégias dos anjos rebeldes ser-lhes-iam muito úteis para tentar elaborar uma linha de ação:

- Os demônios são anjos do mal que alimentam do sofrimento e da dor. Não respeitam limites. Podem atuar isoladamente ou em grupo. Em quase nenhuma missão contam com o príncipe do mal, Satanás, que ordena as ações porém, raramente atua pessoalmente. Os demônios podem assumir a mente de humanos fazendo com que ajam de acordo com sua vontade. Pessoas boas, de aparência tranquila e confiável são as preferidas pois estão acima de qualquer suspeita.

- O que faremos? Interrompeu Ribas já cansado de discurso e querem ver ação.

- Como já citei, existe uma comunidade próxima de Vila Rica que foi fundada por exploradores paulistas por volta de 1650. É uma das comunidades mais antigas de Minas do Ouro. Curiosamente, esta comunidade chama-se São Bartolomeu e existe uma igreja dedicada ao santo, que segundo contam, foi fundada por um jovem religioso português que trazia uma milagrosa imagem (ou relíquia?) de

São Bartolomeu. Segundo a tradição, muitas curas miraculosas foram realizadas naquela igreja principalmente curas de doenças mentais e possessões diabólicas. Também contam que após alguns anos o diácono fundador desapareceu e também a imagem ou relíquia. Acho que nossa primeira missão é conhecermos esta igreja...

Assim partiram na manhã seguinte para a Vila de São Bartolomeu que se encontra a apenas 3 léguas de distância. Trata-se de uma pequena comunidade de agricultores. O maior desafio para os migrantes que vieram explorar o recém-descoberto ouro era a sobrevivência devido a falta de alimentos sejam cereais ou carnes. Nesta vila instalaram-se, além de alguns mineradores, pequenos agricultores que exploravam o solo para produzir alimentos. Assim que chegaram, direcionaram-se para a Rua do Carmo onde localiza-se a Igreja de São Bartolomeu . A Igreja destaca-se logo que entram na vila. Encontra-se em terreno elevado e está toda cercada por um muro em pedras irregulares que uma vez transposto, dá-se em seu jardim. É uma construção antiga, das primeiras de Minas, com arquitetura externa simples. As paredes foram erguidas em alvenaria de pedras assentadas com barro e pintadas com cal. Possui duas torres cobertas com telhados em quatro águas e três janelas sobre a porta principal. Sem a arte rebuscada do estilo Barroco.

Dom Cipriano e Braz Ribas adentraram a pequena igreja. Não havia luxo ou arte. A construção era espartana e pequena bem ao estilo dos pioneiros. O assoalho de tábuas rangia aos passos à medida que avançavam sobre o piso irregular talhado a machado. No altar a mesma simplicidade arquitetônica.

A chegada de Dom Cipriano em sua carruagem e sua presença fez logo a curiosidade surgir em todo o arraial. Everaldo, o sacristão, foi rapidamente comunicado e apressou-se a apresentar-se:

- A sua benção Sr. bispo- ajoelhando-se e beijando o anel episcopal.

- Deus o abençoe meu jovem.

- É uma honra muito grande para nossa comunidade tê-lo aqui visitando o nosso inacabado templo em honra e glória do apóstolo São Bartolomeu. Sou o sacristão responsável por esta igreja. O pároco é o Padre Francisco Pimenta que, se aguardar-me alguns instantes, irei de pronto buscá-lo.

- Claro, seria muito bom estarmos com ele. Aguardaremos aqui.

E ali, Dom Cipriano e Braz Cubas permaneceram aguardando a chegada do pároco. Aproveitaram aqueles instantes para uma observação mais detalhada da igreja ainda sem os altares trabalhados e dourados, como era de costume. No altar, uma cruz sem adereços ou imagens, um habitáculo para o santíssimo e uma imagem de São Bartolomeu. Em uma das laterais uma pequena pintura de um demônio. Nada mais. Andaram por todo o templo a procura de algum indício ou pista sobre a relíquia. Nada parecia ser precioso naquele local. Tudo muito simples e exposto. Dom Cipriano andou por toda a igreja com passos firmes e curtos. Subiu ao altar, fez uma referência ao santíssimo e então iniciou um vaivém de um lado ao outro do altar sempre com passos firmes e curtos.

Alguns instantes depois adentra o templo o Padre Francisco Pimenta. O padre nunca imaginaria que Dom Cipriano estivesse um dia em seu pequeno templo. Foi para ele uma grande e agradável surpresa. Ao ser comunicado pelo sacristão, enfrentou um momento de paralisia. O que faria o poderoso bispo de Mariana aquela capela? Será que fiz algo errado? Interrogava-se intimamente? Recomposto, seguiu rapidamente para receber as ilustres visitas. Adentrou a igreja pela sacristia saindo próximo ao altar quando viu próximo à nave dois homens, um com vestimentas civis e um vestindo uma vistosa batina preta.

- "A sua benção, Dom Cipriano". Ajoelhou-se e beijou o anel Episcopal. Continuou, "Sejam bem-vindos! Quanta honra termos aqui Vossa Excelência e seu acompanhante. Não temos palavras para definir este momento. Sua Reverendíssima pessoa visitando nossa paróquia! Mais uma vez, sejam bem-vindos! Meu nome é Padre Francisco Pimenta e sou pároco desta igreja de São Bartolomeu há cinco anos.

- Padre Francisco, obrigado pela acolhida. Este que me acompanha é o conhecido Braz Ribas, o herói de Cumquibus.

- Muito prazer em conhecê-lo, Sr. Braz Ribas. Talvez já tenha ouvido falar do senhor porém não me recordo.

- Certamente, não sou tão conhecido assim, disse Ribas, a província é grande em demasia, as distâncias incalculáveis e não fiz nada de excepcional que me fizesse conhecido...

- Padre Francisco, disse Dom Cipriano, estamos aqui para conhecer melhor a sua igreja, sua história e seus desmembramentos.

- Quanta honra! Vossa excelência gostaria de analisar nossos registros, nossas atas e livros? Verás que apesar de pequena nossa paróquia é bem-organizada. Nossos registros são completos e legíveis.

- Certamente não, Padre Francisco. Não estamos aqui para nenhuma devassa ou inquisição. Temos outros motivos.

Precisamos de informações rápidas, não temos tempo para pesquisas e levantamentos documentais. Queremos que relate a história com os fatos desde a idealização deste templo.

- Bem, o que sei é que esta igreja foi construída há aproximadamente 150 anos. Um grupo de religiosos devotos de São Bartolomeu aqui esteve com uma imagem e uma relíquia do apóstolo e iniciaram a construção do templo. Ficaram por muitos anos, fizeram um bom trabalho de evangelização, atraíram muitos fiéis devotos por São Bartolomeu e se atribuem a eles muitos milagres. Curavam as doenças da cabeça... Referiam-se a eles mesmos como uma irmandade. Certa vez, sem anúncio algum, desapareceram. Ninguém ficou sabendo de seu paradeiro mas acreditamos que tenham ido continuar a sua missão em algum lugar. A nossa igreja ficou sob os cuidados do padre Joaquim Capa Preta. Rezava as missas, atendia confissões e dava os sacramentos ao povo da vila, mas o templo nunca mais foi o mesmo. Com o passar dos anos outros padres assumiram a paróquia.

- Havia um jovem diácono português junto com os fundadores desta igreja?

- Não há muitos registros desta época. Na tradição oral dizem que havia um meu homônimo, Francisco, sim um português. Ele teria ficado por aqui durante anos e aqui faleceu. Está sepultado no cemitério paroquial que fica ao fundo da igreja.

- Saberia nos dizer o porquê desta partida repentina? Aconteceu algo?

- Como disse, saíram sem anúncio prévio. Ninguém se conformou. A pergunta está sem resposta até os dias de hoje. Certa vez ouvir de um morador antigo que um negro, escravo vindo do sul, teria aqui chegado e estado com ele nos dias anteriores a sua partida. Logo depois os membros da irmandade seguiram viagem.

- Este morador que o informou ainda está por aqui? Podemos falar com ele?

- Sim, ele é um septuagenário de nome Euclides Silvério. Mora aqui na comunidade e ainda tem boas lembranças e pode ajudar a informar. Posso levá-los até ele.

E assim saíram a procura do idoso morador. Andaram por cerca de 300 metros e chegaram a uma humilde casa de taipa, cuja fachada apresentava três janelas retangulares e uma porta. Euclides Silvério já estava sob o portal sentado em um banquinho de madeira preparando seu fumo.

- Bom dia padre Francisco, a sua benção, disse Euclides levando-se rapidamente ao ver a presença do bispo.

- Bom dia, Sr. Euclides. Está aqui comigo o bispo Dom Cipriano.

Euclides rapidamente ajoelhou-se sob os pés do bispo e beijou-lhe o anel episcopal.

Padre Francisco, continuou...

- Euclides, Dom Cipriano gostaria de ouvir naquela história que você me contou sobre a partida dos padres da irmandade.

- Dom Cipriano, peço-lhe a sua benção para mim e para a minha família. Esta história foi a muito tempo. Eu ainda era um rapaz jovem quando ouvia estes relatos. Contam que a igreja estava inaugurada havia muitos anos. Muita gente estava vindo para cá porque aqui curavam-se as doenças da cabeça. Muita gente foi curada. O que sei, é que certo dia apareceu por aqui um negro vindo do sul. Seu nome é Antão.

Ele esteve com os padres e imediatamente eles sumiram. Não despediram de ninguém. Alguns padres que não pertenciam a irmandade assumiram a paróquia mas a igreja parece que perdeu o poder de fazer curas e todos acabaram indo embora. Ficou aqui somente o Padre Capa Preta, mas a igreja nunca mais foi a mesma. Havia algo de especial naqueles homens.

- Para onde teriam ido?

- Não sei, apenas que seguiram para o sul. João Antão era proveniente das terras da poderosa família Junqueira. Portanto, deve ser onde devem ter ido.

- Já ouvi falar dos Junqueiras. São grandes fazendeiros próximos de minha região, afirmou Braz Ribas. Acho que já temos uma primeira pista...

Aproveitaram a presença do Padre Francisco Pimenta para pedir-lhe que lhes apresentasse a igreja. Há algum cômodo secreto, algum cofre ou algum santo do pau oco que pudesse guardar algum objeto ou documento? A resposta foi negativa.

Chegando à igreja, Dom Cipriano pediu licença ao Padre Francisco e subiu novamente no altar. Em latim a palavra altar (Alture, altus) significa "plataforma elevada". Já em hebraico a palavra é "lugar da matança" e em grego "lugar do sacrifício". Hoje, no credo católico, o altar é a mesa onde Jesus reuniu seus apóstolos na última ceia. É o local onde ocorre o Sacrifício Eucarístico. Representa então o próprio sacrifício de Cristo e a sua presença em meio à Assembleia com o seu corpo e o seu sangue. Ao chegar próximo ao altar, Dom Cipriano pôs-se de joelhos e depois em posição de prece maometana. Posicionou seu ouvido direito próximo ao piso de tábuas e com a mão direita batia como quem bate em uma porta a procura de alguém. Foram diversas as batidas, levantou-se e dirigiu-se ao pároco:

- Padre Francisco, temos que retirar estas tábuas do piso. Há algo abaixo do altar. Notei uma pequena diferença no som ao andar por aqui. Agora tenho a certeza de que há algo aqui embaixo.

- Excelentíssimo, nunca foi citado que haja algo sob o antar.

- Padre, há algo aqui. Há um costume português antigo de colocar-se sob o altar de uma nova igreja algum dado importante da obra ou alguma mensagem que os construtores ou os primeiros sacerdotes ou a comunidade queira que se preserve por muitos anos. Na maioria das vezes, os dados são informações sobre os construtores, o arquiteto ou os filantropos da obra. Entretanto, já presenciei muitos segredos serem revelados por debaixo do altar.

- Não poderia ser um jazigo?

- Não acredito. Os jazigos são construídos nas laterais da nave e nunca exatamente sob o altar. Outras vezes no corpo da nave ou no deambulatório. Nesta posição é para servir de cofre de segurança.

O pároco saiu rapidamente em busca de seu sacristão para providenciar as ferramentas necessárias. Enquanto isto, Ribas perguntava a Dom Cipriano:

- Será que acharemos alguma coisa sob este altar?

- Estou esperançoso de que tenhamos sucesso. Há um espaço oco sob o altar. Como fica abaixo da estrutura da mesa do sacrifício, quando andamos damos os passos longe da região que produz o eco; daí ninguém ainda ter notado a diferença. Com a mão batendo no assoalho, pude ouvir claramente a diferença dos sons.

Rapidamente, surgem o pároco e o sacerdote com as ferramentas para iniciarem a procura. Retiraram as pesadas peças planas de madeira do assoalho e as foram empilhando. Logo após a remoção de uma pequena peça que completava o contorno da mesa do altar, puderam observar um retângulo feito de pedras que formavam um compartimento com pouco mais de 30 cm de extensão por 30 cm de largura. Dentro dele uma caixa empoeirada de madeira. Ao abri-la uma folha papel amarelado dobrado. Abriram a folha com cuidado e leram o seguinte:

"Pois no cérebro, no coração e na virilha

Portões se abrem atrás do trono de Satã na cidade de pedras

Que é o centro quádruplo no coração do mal."

Dom Cipriano leu e seu semblante claramente demonstrava susto e pavor. Uma mensagem enigmática. Por que isto? O que é isto? Trono de Satã? Coração do Mal? O que isto significava? Rapidamente, Dom Cipriano corre para a porta da igreja e mira fixamente a gravura de um demônio que lá estava. Fica imóvel por alguns minutos, assustado, pensativo e tenso.

- Este é Asmodeus, um príncipe do inferno. É o "Rei esquecido de Sodoma", o homem mais impuro que já nasceu. Um humano que se tornou em demônio, não um anjo caído, como Satanás. Vejam neste quadro, ele está em primeiro plano, agachado com uma das mãos apontando para o chão e a outra segurando um bastão. Ao fundo vemos o rio Jordão e Jesus Cristo sendo batizado por João Batista. Ele é o "Deus Invertus" , o refluxo de Deus. Asmodeus trabalha com o silêncio, ele nos acompanha sem sabermos. Suas representações mostram que sempre está presente para tentar, destruir e arruinar os homens. Conta-se no texto apócrifo "O Testamento de Salomão" que o Rei Salomão, para construir o templo de Jerusalém teria conseguido o controle de uma sucessão de demônios. Um deles foi Asmodeus. Segundo a lenda, Salomão foi instruído por Deus a construir seu templo sem utilizar-se de ferramentas que produzam ruídos. Foi então que Salomão foi atrás de Asmodeus que por ser um ser mágico poderia fornecer uma ferramenta que não produzisse ruídos. O demônio vivia no alto de uma montanha onde havia cavado uma cisterna profunda que lhe fornecia água. O rei então drenou a água da cisterna e a encheu com vinho. Com o demônio bêbado, Salomão o capturou. Estranham que o rei Salomão tenha preterido convocar anjos a demônios para o ajudar a construir o templo. Ocorre que os anjos servem somente a Deus e nenhum mortal tem poder sobre eles. Já o mortal pode subjugar o mal.

- O que isto tudo significa?, perguntou Braz.

- Significa que o demônio esteve atrás da relíquia. Os Guardiões eram humanos e o rei do mal mandou um de seus príncipes para vencê-los. Asmodeus deve tê-los acompanhado apossando-se de algum corpo humano. Talvez deste negro Antão...

- "No cérebro, no coração e na virilha", repetiu Braz.

- Sim, disse o bispo. No cérebro temos o raciocínio lógico, a inteligência e a astúcia. No coração a piedade, o amor à Deus e ao próximo. O diácono Francisco foi astuto em enganar o demônio e salvar a relíquia de Évora. Provou seu amor e sua fé ao assumir tantos riscos, deixar os seus e atravessar um enorme mar a procura de um local seguro.

- ...e a virilha?, Perguntou Braz.

- Na virilha é onde articulamos para os movimentos. Ali estão grandes vasos e nervos responsáveis pela nossa movimentação. Mas acho que isto nada tem relacionado. Acho que se refere a algo mais material: os bolsos. Francisco não era um padre portanto não usava batina. Usava roupas comuns. Calças masculinas tem pequenos bolsos nas virilhas utilizados para guardar coisas pequenas e valiosas. Padre Francisco, precisamos ver a sepultura do português.

Capítulo VII - Incorrupto

Seguiram todos para os fundos da Igreja onde havia um pequeno cemitério utilizado para enterrar os fiéis e o clero daquela comunidade. Nele, a maioria das sepulturas eram simples covas contornadas em alvenaria e identificadas por uma cruz. Algumas possuindo uma pequena identificação em argamassa. Dentre todos, destacava-se um túmulo maior, mais elaborado, construído em tijolos com não mais que um metro de altura por dois metros de comprimento. A caiação já desbotada revelava a sua idade. Seu estado de conservação era razoável e sobre ele sobrevivia uma vaso com flores. Em sua face frontal havia a entrada de uma gaveta que era lacrada por uma por uma pedra semipolida quadrada na qual lia-se o seguinte:

Irmão Francisco

Évora, Portugal, 1645

Vila Rica, Brasil, 1680

Postaram-se em frente observando os detalhes da sepultura. Não havia nada de excepcional. Uma sepultura comum. Dom Cipriano passou a não pela abertura da gaveta, forçou a sua abertura sem sucesso, passou um graveto pelas suas bordas que estavam bem coaptadas. Recuou alguns passos e disse ao sacristão:

- Abra a sepultura!

Abrir a sepultura! Todos admiraram silenciosamente. Por quê? O que poderia ter em um jazigo erguido há dezenas de anos? O que poderiam encontrar além de restos de ossos e fios de cabelo?

- Senhor, não podemos violar uma sepultura! É um sacrilégio violar o sagrado local do repouso eterno de um homem. Uma profanação!, disse Ribas.

- Estou ciente da gravidade da ação que estamos para fazer, entretanto, não temos escolhas. Estamos enfrentando forças de primeira grandeza, são seres malignos que não respeitam limites. Se não os vencermos estaremos colocando em risco toda a cristandade. Deus há de nos perdoar. Senhor sacristão, abra-a.

Assustado, Everaldo, procurou por uma ferramenta para remover uma pedra assentada a mais de um século. Cuidadosamente, foi liberando as laterais do pedra e tentando luxá-la para fora. Pouco a pouco a pedra foi cedendo e a abertura revelando-se. Ao ser totalmente removida, a sepultura mostrou-se com vegetações e fungos que infiltravam as suas paredes.

- Cuidado, disse Dom Cipriano, vamos manusear um corpo sepultado há mais de cem anos! Só devem restar ossos que devem estar fragilizados e pulverizando-se.

Cuidadosamente foram limpando a sepultura. Padre Francisco trouxe uma lamparina para iluminar a cavidade. Retirada muita poeira, teias de aranhas , insetos, restos de madeira e resíduos em geral que dificultava o acesso, Everaldo teve acesso ao corpo. Repentinamente, os movimentos ágeis de Everaldo vão desaparecendo permanecendo parado e mudo..., em choque. Levanta-se com a tez pálida e enorme sudorese podia ser constatada em sua face em suas roupas molhadas.

- O que houve Everaldo? Está se sentindo bem?, perguntou Braz.

Encostam Everaldo em uma sombra. Braz o abana enquanto padre Francisco sai em busca de água fresca. Encostado, com a voz trêmula e entrecortada diz:

- O defunto está inteiro, tem carne e ossos!

O susto foi geral! Braz soltou Everaldo que permanecia pálido, ensopado em suor frio e palpitava intensamente. Tomou as rédeas da atividade e entrou na sepultura com a iluminação:

- Dom Cipriano, disse Ribas, o irmão Francisco está intacto. Até suas roupas já apodreceram mas seu corpo está completo. Não houve putrefação, está incorrupto! Não exala odores, há até uma fragrância suave, agradável. Estamos diante de um milagre! Este homem é um santo!

- Ave Maria, cheia de graças... rezava Dom Cipriano.

Trouxeram o corpo para fora da sepultura. Era um homem de meia idade, estatura mediana, completamente nu, porém com muito boa aparência com pernas e braços e tronco preservados e tórax expandido. Já não havia restos de vestimentas. Restava-lhes as sandálias e um cinto que lhe passava pela cintura e continha uma cruz cuja parte inferior era uma chave. Todos ficaram atônitos!

- Dom Cipriano, este homem é um santo?, interrogou Padre Francisco?

- Vamos com cuidado, padre. Tudo indica algo sobrenatural, sobre humano, principalmente para os trópicos onde a putrefação dos orgânicos é mais fácil. Vamos observar bem este cadáver, estudá-lo antes de tomarmos qualquer decisão. Será que ele não foi embalsamado? Será que não foi utilizada alguma técnica indígena para conservar corpos que nós desconhecemos? Eu particularmente estou assustado e pouco acredito em intervenção humana. Acho que é algo sobrenatural. Um milagre! Isto porque um corpo se conservaria em um ambiente gelado, o que não é o caso de Vila

Rica. Outra possibilidade é a ausência da abundância de ar como nas altitudes dos Alpes ou mesmo do vizinho Andes. Também não é o caso estamos a menos de 800 metros. Na Europa muitos casos de incorrupção existem. Alguns forjados: conservavam em graxa ou banha após secos ao sol, como fazemos aqui com as carnes suínas, ou ainda eram embebidos em guano, saponificados ou queimados para desidratarem. Mas muitos foram constatados como sobrenaturais. Fiquem tranquilos, as falsas incorrupções ou conservações naturais são facilmente desmascaradas e as verdadeiras nunca são abaladas. A igreja é sempre muito cautelosa. Vejam o caso de São Filipe Neri. Em 1595, foi sepultado na nave da Chiesa Nuova, em Roma. Em 1599, o corpo estava completamente coberto por teias de aranha, suas vestes destruídas até sua identificação em prata estava danificada mas o corpo preservava-se intacto. Três dos maiores médicos da época atestaram o fato como indubitavelmente milagroso. Entretanto, a Congregação do Oratório São Filipe Neri de Roma não considerou a incorrupção milagrosa porque quando da sua morte as vísceras foram removidas e o corpo submetido a pequeno embalsamamento para suportar os três dias de cerimonias de velório. Portanto, vamos manter este fato em segredo. Somos quatro pessoas, eu, Sr. Braz Ribas, padre Francisco e Everaldo, que este fato não saia de nosso meio.

- E os casos aceitos, pode nos contar sobre um?

- Sim, para nós Portugueses é com muita honra que conto o caso de nossa rainha Santa Isabel, Rainha de Portugal. Ela foi sepultada em Coimbra em 1336. Em 1612, sua sepultura foi aberta como ordena o processo de canonização. Muitas foram as testemunhas da abertura oficial da sepultura onde esperava-se encontrar apenas ossos. Dentre as testemunhas, o Bispo-Conde Dom Afonso de Castelo Branco, o Bispo de Leiria Dom Martim Afonso e o Dr. Francisco Vaz

Pinto chefiando uma grande equipe científica. Abriram a sepultura de 276 anos e lá estava a Rainha Isabel intacta: corpo inteiro, pele clara como cera, cabelos fixados no couro cabeludo e aquele aspecto sereno e bondoso que havia a caracterizado.

- Se a incorrupção do corpo do irmão Francisco for realmente milagrosa, este fato é suficiente para a beatificação?, perguntou Padre Francisco.

- Os corpos cartonados, ou seja que já estejam secos, com a pele dura, como um couro ou pergaminho não são considerados incorruptos pela Igreja. Os demais casos de incorrupção podem constar no processo de beatificação mas não são itens decisivos. Veja o caso de Santa Izabel, Rainha de Portugal. Sua sepultura foi aberta já no processo de canonização. Seu corpo incorrupto em muito ajudou a provar sua santificação mas não foi elemento decisivo. Já havia provas suficientes de sua santidade.

Construíram rapidamente uma maca com bambus, colocaram o corpo nu coberto por um lençol e transportaram para a igreja. O corpo incorrupto foi colocado sobre o altar e Dom Cipriano fez uma breve análise daquilo. Em sua opinião, o corpo é realmente incorrupto de forma milagrosa. Não há nenhum tipo de perfuração, hematoma, manchas ou sinais de violação do corpo. Suas vísceras não foram retiradas e seu perfil mantém como de uma pessoa adormecida. Certamente, um milagre.

- Estou certo de que estamos diante de um verdadeiro milagre. Deus está dando sinais de que não nos abandonará nesta guerra contra o mal. Irmão Francisco foi o herói que trouxe em segurança a relíquia que os demônios tanto anseiam em destruir. Não sabemos pelo que passou este nosso santo homem porém sabemos que desde a juventude de seus 17 anos estava servindo a Deus e aos irmãos. Atravessou o mar-oceano. Veio para a colônia afim de salva-nos do mal. Mas não podemos agora nos ocuparmos com sua possível santidade. Temos que focar em nosso objetivo que é barrar o reino do mal.

Dom Cipriano diante do corpo incorrupto de Francisco, puxou a apodrecida fita de couro que segurava a chave, rompeu-a e trouxe-a para si.

- Temos uma missão, disse Dom Cipriano.

Ordenou que voltassem o corpo para a sepultura. O corpo foi relocado em sua gaveta e a abertura novamente lacrada com a pedra.

- Em tempo propício retornaremos para tomar as medidas necessárias a verificação da incorrupção, disse o bispo.

Capítulo VIII - Os Junqueiras

Na manhã seguinte seguiram rumo ao sul para as terras dos Junqueiras. Dom Cipriano fez questão de acompanhar Braz nesta expedição. Mas não poderia ter sido diferente: a aventura estava tomando forma e peso de uma grande tragédia que teria de ser evitada a qualquer custo. Todos os esforços seriam necessários. Deixou da carruagem oficial e montou em um bom cavalo para a longa viagem. Despediram do pároco Padre Francisco e do sacristão Everaldo. Seguiu com eles o secretário episcopal Manuel Mendonça. Homem de meia idade, pouca conversa, excelente contabilista e escrivão. Era o braço direito de Dom Cipriano. Os três seguiram para o sul para as terras de João Francisco Junqueira, o patriarca dos Junqueiras. Era um português nascido em São Simão de Junqueiras, Portugal, em 1727. Imigrou para a colônia em 1746 e casou-se com D. Helena Maria do Espírito Santo em São João Del Rey em 1758. Dedicou-se a mineração do ouro durante alguns anos e com os recursos acumulados estabeleceu-se como fazendeiro, lhe tendo sido concedida a Sesmaria do Campo Alegre em 1769. Construiu grande fortuna na região próxima a Baependy e Aiuruoca.

Após três dias de cavalgada chegaram à Sesmaria do Campo Alegre. Uma enorme fazenda com 21 quilômetros quadrados que demonstrava grande vocação ao sucesso, desenvolvendo a pecuária e a agricultura com seriedade e muita dedicação. Foram recebidos pelo patriarca da família João Francisco Junqueira em sua imponente casa grande.

- A sua benção, Dom Cipriano! (ajoelhando-se junto ao bispo e beijando-lhe o anel Episcopal). Vejam bem-vindos à

Campo Alegre, saudou o anfitrião. Vamos nos assentar por alguns minutos para conversarmos enquanto preparamos um restaurador banho para os senhores após esta longa viagem. Vou também providenciar nossos melhores aposentos para os senhores. É uma honra para mim, minha família e para todos desta sesmaria recebermos a visita da sua Reverendíssima pessoa, D. Cipriano.

- Obrigado pela acolhida, Coronel Junqueira. Aceitamos a sua hospitalidade e agradecemos sua tão entusiástica acolhida. Estamos vindo de Mariana e certamente a viagem foi longa e deveras cansativa. Não só para nós, mas também para nossas montarias. Agradecemos sua acolhida e que Deus o abençoe.

Conversaram por algum tempo enquanto as escravas da Casa Grande preparavam os banhos. Logo depois, Dom Cipriano seguiu para quarto de visitas que tem seu acesso diretamente da sala principal do casarão, ao contrário dos demais que adentram pelo quarto do casal. Os animais foram recolhidos, alimentados . Braz Ribas e Manoel Mendonça foram alojados em dependências próximas as tulhas. Devido a exaustão, as conversas foram breves e deixadas para a manhã seguinte.

Recolheram-se aos leitos. Braz Ribas e Manoel Mendonça ocuparam um só aposento. Cansados, logo caíram no sono. Dom Cipriano, na Casa Grande, também não tardou a adormecer. Durante a noite, o bispo foi acometido por um sonho: "A esposa do coronel caiu doente e seu mal era tão grave que ela não respirava. Então o coronel perguntou ao estranho: " o que há entre mim e ti, homem de Deus?" Porventura vieste a minha casa para me lembrares os meus pecados e matares a minha esposa? "O homem respondeu: "Dá-me a mulher! " Tomando a esposa do seu regaço, levou-a ao aposento de cima onde ele dormia, e pôs em cima de seu leito. Depois clamou ao Senhor, dizendo: " Senhor, meu Deus, até o anfitrião da casa em que habito como hóspede, queres afligir, matando-lhe sua esposa?" Depois, por três vezes, ele estendeu-se sobre a mulher e suplicou ao Senhor: "Senhor, meu Deus, Faze, te rogo, que a alma desta mulher volte às suas entranhas". O Senhor ouviu a sua voz: a alma da senhora voltou a ela e ela recuperou a vida. Tomou então a senhora, desceu com ela do aposento superior para o interior da casa, e entregou-a a seu esposo, dizendo: "Eis aqui o sua esposa viva" O homem exclamou: " Agora vejo que és um homem de Deus, e que a palavra do Senhor é verdadeira em tua boca"."

Pela manhã ao acordar lembrava-se do sonho. Não deu importância ao fato. Viagens, demônios, relíquias... eram tantas coisas que a cabeça sonha mesmo, pensou. Seguiu com Braz Cubas e Manoel Mendonça para a sala de jantar onde estava servido um farto café da manhã com as especiarias da casa: bolos, roscas, bolachas e queijos. Ao chegarem o coronel foi comunicado e rapidamente chegou para o desjejum.

- Bom dia Senhores! A sua benção, Dom Cipriano! Como passaram a noite? Tiveram um bom repouso? Espero que as atividades da fazenda antes do amanhecer não os tenham perturbado. Iniciamos as atividades bem cedo, antes mesmo do sol nascer.

- Tivemos uma noite de justos! Um pernoite tranquilo e restaurador. Muito agradecemos a sua hospitalidade, disse Braz Ribas.

- Não sabem a honra que tenho em hospedá-los em minha sesmaria. Certamente são as pessoas mais importantes a visitarem estas terras. O que os trouxe até aqui?

- Estamos à procura de alguns padres e irmãos que vieram para esta região trazendo consigo uma relíquia. Eles vieram de Vila Rica e seguiam um negro de nome João Antão. Há suspeitas de que teriam seguido para cá.

- Oh! Meu Deus!, exclamou o coronel. Eles estiveram por aqui há muito tempo atrás. Quando chegaram, estavam acompanhados de um dos meus escravos que estava foragido, o João Antão. Imediatamente ao chegarem, mandei meus camaradas levarem o João Antão para o tronco. Só depois fui dar hospedagem aos padres. Eles intercederam por Antão mas, não lhes dei ouvidos. Antão foi castigado. Naquela noite, minha esposa adoeceu repentinamente e praticamente já não respirava mais. Atribuí aquele mal a uma praga dos padres por causa do escravo. Chamei-os e disse: " o que há entre mim e ti, homens de Deus?" Porventura viestes a minha casa para me lembrares os meus pecados e matares a minha esposa?"

Neste instante Dom Cipriano exclama exaltado:

- "Meu Deus! É o sonho!" ...e continuou, " – aí os padres foram até o aposento em que ela estava e um deles disse "Senhor, meu Deus, Faze, te rogo, que a alma desta mulher volte às suas entranhas"

- Sim, disse o Coronel Junqueira. E ela voltou a vida como que se nada houvesse lhe acontecido...

- Oh meu Deus, mais um milagre exclamou o bispo. Sim são mesmo este homens a quem estamos procurando. O que sabe deles?

Tomado pela surpresa, Coronel Junqueira não conteve sua emoção. Entre lágrimas e soluços descreveu com detalhes aquela noite. Chamou para acompanhá-los a sala sua esposa Helena Maria do Espírito Santo, filha dos portugueses Inácio Franco e D. Maria Thereza de Jesus naturais de Barcelos. D. Helena Maria também estava emocionada. Ela disse:

- Naquele dia, amanheci muito bem. Fiz meus afazeres domésticos, inspecionei a cozinha preparando a alimentação da Casa Grande e também a alimentação servida aos escravos. Almoçamos no horário habitual, nove da manhã, e depois descansei por alguns minutos. Neste meio tempo chegou até a sesmaria alguns jovens religiosos acompanhando de um dos nossos escravos foragidos, o João Antão. Houve uma grande correria. Ninguém imaginava que João Antão voltaria a não ser a ferros. O senhor meu esposo imediatamente colocou Antão no tronco. Um dos jovens religiosos que o acompanhava protestou, apresentou-se como religioso, pediu-lhe clemencia e piedade mas não obteve sucesso. Antão foi amarrado ao tronco como castigo e exemplo para quem foge. Depois de colocado no tronco, meu marido, o Coronel João Francisco trouxe os religiosos para a Casa Grande em meio aos protestos e a indignação dos religiosos que entre resmungos demonstravam seu protesto. Porém toda esta lamúria não durou muito pois pouco depois fui acometida por uma dor súbita no peito acompanhada de grande cansaço, insuportável, que me faltava o ar. Mal podia manter-me em pé. Coloquei-me ao chão e fui socorrida por minhas escravas que me levaram para o leito. Lá fiquei com a cabeceira elevada tentando buscar o ar que me faltava e tentando suportar a dor que fazia-me ranger os dentes. As atenções então se voltaram todas para mim. No leito, não respondi aos cuidados. Emplastos de angu e chás diversos não faziam qualquer melhora nas minhas queixas. As escravas abanavam-me constantemente para melhorar minha respiração. Nada adiantava! No início da noite, desfaleci e nada mais vi. Deram-me por morta! Foi então que meu marido sensibilizado pela situação atribuiu meu mal a uma praga atirada por Antão que era tido como feiticeiro entre os escravos e por aqueles jovens estranhos que tanto reclamavam da punição ao escravo foragido. Sua tristeza foi intensa.

Relataram-me que meu marido se ajoelhou e abraçou meus pés com o rosto em lágrimas, com grande desespero. Por instantes o ódio aflorou. Irado, andava de um lado para outro, desesperado. Foi quando o jovem entrou em nossos aposentos e fez uma prece segurando uma caixa e agitando-a em forma do sinal da cruz e disse: "Senhor, meu Deus, Faze, te rogo, que a alma desta mulher volte às suas entranhas". Foi quando abri os olhos e vi a luz. Nunca mais tive nenhum mal. Ele me curou com sua prece. Um milagre!

- Sim, um milagre! Milagre de São Bartolomeu! Que caixa era esta? Perguntou Braz.

- Era algo sagrado, algo religioso. O objeto que utilizou estava dentro de uma caixa maior e era metálico. Parecia um relicário. Isto foi o que todos relataram. Após meu restabelecimento, que foi imediato, pude ver que ele realmente portava um objeto cúbico que guardava em uma caixa.

- Sim, deve ser uma relíquia, confirmou D. Cipriano. As relíquias são poderosas. Acreditamos que as relíquias dos santos e dos mártires possuem uma força viva que reanima estes objetos e esta força permanece neles. É como uma marca da alma de cada um. É a fusão do corpo com a alma. Do morto com o imortal. Isto só é possível porque Jesus Cristo, o filho de Deus recebeu um corpo e o encarnou. Ao fazer isto ele deu graças à forma humana. As relíquias estão centradas na ressureição dos corpos. Na prometida ressureição após o julgamento final. No corpo celestial.

- Mas como as relíquias nos ajudam?, perguntou o coronel?

- Geralmente elas são os restos dos corpos ou das vestes ou mesmos objetos de uso particular daqueles indivíduos que acreditamos serem nossos intercessores junto a Deus. Isto porque eles foram provas vivas dos ensinamentos de Cristo.

Estas peças tornaram-se um caminho para aproximarmos de Deus.

- Por que o Sr. Braz Ribas afirmou ser um milagre de São Bartolomeu?

- Porque acreditamos que a relíquia em posse do religioso é uma poderosíssima relíquia de São Bartolomeu. Seu dedo indicador esquerdo. Esta relíquia já atravessou o mundo. Esteve na Armênia, na Turquia, em Roma, em Portugal...

- E ela estaria aqui? Neste mundo a ser desbravado?

- Sim. Não só estaria aqui como realmente esteve aqui em sua casa, curou a sua esposa e agora está em alguma parte da região e nós precisamos encontrá-la.

- Por que ela veio para cá?, perguntou Junqueira.

- Ela está em uma missão extremamente importante. Uma missão para livrar o mundo do poder dos anjos do mal. Por esta razão estamos procurando-a. Além disto, Sr. Ribas está com a esposa muito enferma e acreditamos que somente a relíquia teria o poder de curá-la, como acabou fazendo com sua esposa.

- Agora, mais do que nunca, sabemos da força da relíquia e não podemos desistir de encontrá-la. Saberia nos dizer para onde teriam ido após deixarem a sua sesmaria?, perguntou Braz.

- Já faz anos que isto ocorreu. Após o milagre, dei carta de alforria a João Antão, curamos seus ferimentos e o alimentamos. Pedi aos padres que ficassem e que nos desculpassem pelo incidente. Apenas me disseram que a escravidão era deplorável e que os homens não deveriam nunca usar de sua força para subjugar e escravizar um outro.

Sempre tratei bem os escravos e depois disto trato-os ainda melhor.

- Qual a razão da fuga de João Antão? Ele fugiu só?, perguntou Braz Ribas.

- João Antão era dos meus melhores escravos. Era ele que fazia os trabalhos mais importantes. Era um negro forte, alto e de traços finos. Certo dia, descobrimos que ele mantinha um romance secreto com minha irmã Anna Cândida. Uma jovem escrava alimentava uma paixão por João Antão nos contou esta história. Fiquei inconformado, revoltado com a notícia. Minha irmã era uma senhora de meia idade e ele um jovem escravo. Mandei meu capataz, Luís Garcia Pereira, matar o negro. Anna Cândida ouviu a conversa, avisou a João Antão que fugiu da sesmaria. Mandei minha irmã para um convento em São Sebastião do Rio de Janeiro. Não tive notícias de seu paradeiro até sua volta a sesmaria com os padres portugueses.

- Antes de sua partida, deram mais alguma informação sobre como eles haviam se encontrado, indagou D. Cipriano.

- Sim, afirmou o Coronel, um dos Padres contou-nos que encontrou com Antão em sua Igreja, perto de Vila Rica. Diz que Antão estava morando em uma gruta na região de Baependy. E um homem apareceu para ele, com vestes estranhas porém belas e pediu-lhe que entregasse duas cartas. Uma a um padre português numa igreja de São Bartolomeu próxima a Vila Rica. O conteúdo da carta Antão nunca soube mas o Espírito Santo o guiou até o padre.

- Os padres disseram algo sobre a carta que receberam?

- Não nos contaram muita coisa. Disseram-nos que a carta a eles endereçada pedia que viesse para cá. Para esta região.

- E, a segunda carta?

- Esta foi entregue a mim pouco antes da partida. Estava dividida em duas partes. A primeira dizia em português clássico, daqueles utilizado na Corte, que a natureza humana é uma só e que a raça, a cor de sua pele ou a sua origem geográfica não interferem sobre a criação e que todos somos barro esculpido por um só criador. Fiz uma ligação dele referindo-se ao caso envolvendo minha irmã Anna Cândida e com a escravidão. A segunda parte, pareceu-me uma forma de profecia. Relatava que um homem com o nome do anunciador deveria temer pela vida de sua família que estaria em risco devido a ação do maligno encarnado como libertador.

- Um homem com o nome do anunciador... raciocinava alto Dom Cipriano. De posse destas cartas tomou alguma atitude? Perguntou à Junqueira.

- Sim, Antão nos contou onde encontrou este homem bem-vestido. Ele precisou o lugar. Era onde se escondia, uma caverna de pedras no alto de uma grande pedreira. Antes de irmos até lá, Antão reconheceu o homem em uma imagem de São Tomé que temos em casa. E pela descrição minuciosa que fez certamente era ele, São Tomé. Os padres também concordaram com a descrição. Era ele São Tomé. São Tomé nos mandou as cartas. São Tomé mandou buscar os discípulos de São Bartolomeu em Vila Rica e São Tomé redigiu e me enviou duas mensagens! Fomos ao local da descrição e mandei erguer uma igreja dedicada a São Tomé. Estas terras ficam dentro de nossa sesmaria e eu denominei o local de São Tomé das Letras.

Temos que encontrá-los. Agora temos um novo personagem nesta história e a cada momento aumenta a necessidade de esclarecermos tudo isto. Sabe-nos dizer para onde foram ao partir daqui?, perguntou D. Cipriano.

- Fomos com eles até a caverna. Depois se despediram e não sabemos mais de seu paradeiro. Seguiram na direção do nascer do sol. Acredito que devem ter ido encontrar com alguém ou algo. Certamente seu destino estava escrito na carta que receberam. Naquela região não permaneceram porque durante todo o tempo de construção da Igreja de São Tomé, ninguém foi encontrado.

Despediram-se dos Junqueiras e seguiram rumo ao leste. Passado um dia, depararam-se no horizonte com uma montanha reluzente que refletia a luz do sol e carecia de vegetação. Seguiram em sua direção.

Capítulo IX - As relíquias sagradas

Enquanto caminhavam, Braz Ribas aproveitava para extrair de D. Cipriano um pouco mais de conhecimento. Dom Cipriano era um homem de extremo conhecimento sobre diversos assuntos. Letrado em história, línguas clássicas, mitologia, filosofia e cartografia além obviamente da teologia.

Perguntou-lhe Braz:

- Dom Cipriano, estamos procurando por uma relíquia e pelo que soubemos até agora parece ser muito poderosa. O senhor tem conhecimento de outras relíquias espalhadas por muitos santuários da Europa. Qual delas conheceu e o que sabe delas?

- Sr. Braz, as relíquias muito nos trazem de ensinamentos e de incremento em nossa fé. Existem relíquias do início da era Cristã, dentre elas a de São Bartolomeu e as relíquias menores como as dos santos medievais. Santa Helena, mãe do Imperador Constantino, de Roma, foi abençoada com a graça de descobrir muitas delas. Ela encontrou diversas destas valiosas relíquias quando esteve em peregrinação a Terra Santa. Dentre as relíquias, duas me fascinam: a Lança Sagrada e a Cruz Verdadeira. A Lança Sagrada é a arma que era conduzida pelo capitão da guarda romana Caio Cassius Longinus durante a crucificação. Para abreviar a morte dos crucificados, era comum naquele tempo, quebrarem as pernas do condenado para que morresse mais rapidamente. Era sexta-feira e o costume judeu impedia serviços funerários no sábado ou que os condenados permanecessem nas cruzes. Não poderiam morrer muito tarde! Os soldados romanos quebraram as pernas dos dois ladrões que estavam ao lado de Jesus. Faltava pouco para às 3 da tarde quando iriam quebrar as pernas de Cristo. Neste instante, este capitão decidiu impedi-los de fazê-lo e decidiu cravar sua lança entre a quarta e a quinta costela para uma morte rápida, ao invés de quebrar-lhe as pernas, assim terminando com aquele macabro espetáculo. Cravou-o com a lança e, do ferimento escorreu água e sangue. Foram os últimos suspiros de nosso Senhor Jesus Cristo. Pelo corte, impulsionado pelos ares de seus últimos suspiros, saíram estas secreções que atingiram o rosto de Caio Cassius Longinus que repentinamente viu-se curado de uma cegueira parcial que lhe tirava, em muito a sua visão. De joelhos, o centurião converteu-se reconhecendo Cristo como filho de Deus. Repito, o costume entre os romanos para não prolongar demais as crucificações, era quebrarem as pernas do condenado. Mas não o fizeram! Algo impeliu Caio Cassius a fazer valer o sagrado texto bíblico que diz "que os ossos do Cordeiro de Deus não podem ser quebrados". Aquilo foi um transtorno para os altos sacerdotes judeus que exigiram que os ossos de Jesus Cristo fossem quebrados mesmo depois de morto, o que os romanos não aceitaram. Esta é a Lança Sagrada, a Lança de Longinus ou a Lança do destino. Uma relíquia poderosa. Acredita-se que qualquer exército ou imperador que a possuísse tornar-se-ia invencível. Nos anos 300, São Maurício, um centurião romano que comandava uma Legião formada por cristãos recebeu a relíquia quando estava no Egito. Neste tempo, recebe ordens para seguir para a Europa para sufocar uma revolta na Gália, perto do lago Genebra. Quando chegou com sua legião, a rebelião já estava sufocada. Maurício , percebeu que os revoltosos eram apenas cristãos que queriam seguir a sua fé e foram massacrados pelas legiões romanas. Maximiliano, o imperador romano da época, ordenou que todos os soldados fizessem sacrifícios aos deuses romanos em agradecimento pelo sucesso. Foi quando Maurício e sua legião de cristãos se recusaram e foram mortos por ordem imperial. Maurício passou a lança sagrada para outros cristãos antes de ser executado por Maximiliano. Em 326, Constantino recebeu a relíquia da lança, pintou nos escudos de seus soldados as letras iniciais de Jesus Cristo e com ela venceu diversas batalhas algumas delas consideradas perdidas inclusive contra seu poderoso rival Marcus Aurelius Valerius Maxentius, filho de Maximiliano. "Sob este símbolo vencerás", foi a mensagem recebida por Constantino. Dominando e unificando, todo o Império Romano, que estava dividido em quatro. Após a morte de Constantino, a lança sagrada foi cedida pelo papa Leão III à Carlos Magno, rei dos Francos, em 800. Com esta lança, Carlos Magno teve uma surpreendente sequência de vitórias. Em uma batalha, Carlos Magno a deixou cair acidentalmente em um rio. Foi um mal pressagio! Carlos Magnos caiu doente e acabou morrendo em 814. A lança foi localizada e utilizada contra os Húngaros em 955 pelo Sacro Império Romano-Germânico para reverter uma situação de batalha muito desfavorável. No ano 1000 foi transferida para a Catedral de Magdeburgo, dedicada a São Maurício (o soldado romano). Durante as cruzadas esta relíquia foi perdida. Certa vez, os cristãos estavam sitiados pelas tropas islâmicas num cerco a uma fortaleza de Antioquia, na Terra Santa. Um padre peregrino chamado Pedro Bartolomeu, que os acompanhava, teve a visão de Santo André que afirmava que a Lança Sagrada estava enterrada dentro da Basílica de Antioquia. Em grande desvantagem numérica, os cristãos puseram-se a procurá-la e após dois dias acharam-na. De posse da lança, saíram de sua fortaleza e enfrentaram a batalha que miraculosamente venceram. Seguiram para Jerusalém e lá conquistaram a cidade. De Jerusalém a lança foi levada para a Europa. Em meados dos anos 1300, Carlos IV, rei da Boemia, adquire a relíquia e aguarda-a em seu Castelo de Karlstein, em

Praga. Um de seus descendentes, a vende para Nuremberg onde foi mantida num grande relicário no Hospital do Espírito Santo. Durante a Guerra dos 30 anos, foi transferida para uma fortaleza onde permanece.

- Que história fabulosa! O senhor já esteve com esta relíquia?, perguntou Braz.

- Não, infelizmente, não. Indubitavelmente, uma das mais valiosas relíquias existentes. Entretanto, há uma outra relíquia que é também atribuída a Caio Cassius Longinus. Ela está na Armênia. Acredita-se que tenha sido levada para lá pelo apóstolo Judas Tadeu que esteve naquela região conjuntamente com São Bartolomeu na missão de evangelização, levar a palavra de Cristo a todos os povos. Obviamente, a sua missão não foi nada fácil. Enfrentou a ira dos sacerdotes pagãos e foi martirizado à golpes de pedras, lanças e porretes até a morte. A relíquia que trouxera consigo foi-lhe entregue pelo próprio centurião romano Longinus que havia sentido nos próprios olhos o poder de Cristo, prevendo seu infortúnio, o apóstolo a cedeu a alguns seguidores que a protegeram escondendo-a bem em uma caverna. Duzentos anos mais tarde, um cristão de nome Gregory, de posse da lança, desafiou os sacerdotes pagãos e iniciou uma evangelização. Foi perseguido, preso e atirado em poço repleto de cobras, onde, milagrosamente, sobreviveu por 13 anos quando de lá saiu e converteu toda a corte ao cristianismo. Em 301, a Armênia era o primeiro estado cristão. Afirmam que a relíquia hoje está aguardada em um mosteiro da Igreja Armênia.

- Mas duas lanças? Como podem existir duas relíquias de uma única lança?, perguntou Braz Ribas.

- Sr. Ribas, não são só duas relíquias da lança de Longinus. São Três. Existe uma outra suposta relíquia no

Vaticano. Esta terceira suposta relíquia foi adquirida dos Persas pelos Bizantinos. Uma característica desta relíquia é que ela estava quebrada em sua ponta e esteve por muitos anos na Catedral de Santa Sophia, em Constantinopla. O Rei da França, Luís IX, acabou por comprar a ponta da lança e transferindo-a para Paris. O restante da lança permaneceu em Constantinopla. Em 1492, o Sultão otomano cedeu a lança ao Papa que unificou toda a lança na Basílica de São Pedro, onde ainda se encontra.

- Não há como termos três lanças! Duas elas não podem ser verdadeiras, exclamou Ribas.

- Claro! Este é um grande risco que sempre corremos. Por esta razão a Igreja é muito cautelosa nestes assuntos. Esta última relíquia não é reconhecida pelo papa apesar de estar em seu acervo. Sobre a relíquia da Armênia, não temos muitas informações. A região é dominada pelo Império Otomano e as autoridades Ortodoxas e Armênias não fornecem informações necessárias. A posse de uma relíquia trás muitas vantagens. Muitos criam supostas relíquias para tirar vantagens indevidas dos crentes. Mesmo falsas criam um grande impacto na fé e acabam por conceder aos fraudadores as vantagens que aspiravam. Eles sabem que não são verdadeiras mas os outros não. Da fé e da esperança de muitos tiram vantagens. A Santa Igreja é cautelosa por esta razão. Concluo que apesar de existirem evidências contrárias a veracidade de grande parte das relíquias, algumas são indubitavelmente verdadeiras , autênticas. Algumas foram tratadas com muito respeito e algumas são mantidas ocultas do mundo.

- Então a primeira é a verdadeira relíquia?, indagou Braz Ribas.

- Sim, é o que acredito. A primeira relíquia é a verdadeira relíquia de Longinus, a lança sagrada.

- Existem outras relíquias importantes como esta e a Cruz Verdadeira?

- Sim. Existem algumas outras tão importantes tanto estas. Quanto mais próximas de Cristo e da paixão maior a importância deste objetos. Dentre elas estão a lança de Longinus, a cruz verdadeira, o manto sagrado, o sudário, os cravos da crucificação e a coroa de espinhos. Logo em seguida aparecem as relíquias relacionadas aos apóstolos e mártires como esta que estamos procurando: o Dedo de Bartolomeu. A seguir as relíquias relacionadas aos santos e santas da Igreja. Estas mais comuns e certamente bem menos preciosas que as primeiras. Obviamente, homens de má fé sempre "fabricam" novas relíquias para serem vendidas no comércio da fé. A Igreja tomou algumas providencias para organizar as relíquias. Proibiu, sob pena de excomunhão, a venda, troca ou a exibição com fins lucrativos das relíquias. Também, classificou-as para fins organizacionais em três classes: a primeira classe são as partes do corpo de um santo ou mártir (ossos, dedo, cabelo etc.); a segunda classe são os objetos pessoais de um santo (roupa, anéis, adereços) e a terceira classe são os objetos que tocaram no corpo do santo (roupa, etc.).

- Gostaria de saber algo sobre a Cruz Verdadeira. Diga-me sobre ela.

- Falar sobre relíquias é algo muito difícil. Mais uma vez repito que desde a idade média muitas relíquias falsas têm sido manufaturadas e vendidas para serem expostas nas mais diversas regiões do mundo todo. A maioria delas não apresenta nenhuma base histórica e podem ser facilmente descartadas pelos estudiosos da Igreja. A proliferação de falsas relíquias é a principal razão para o ceticismo de Roma em relação estes objetos de devoção. A Igreja sempre é muito cautelosa.

Quando da morte de Constâncio Cloro em 306, o Império Romano era dividido em quatro regiões governadas por quatro imperadores, formavam uma tetrarquia. Constantino, filho de Constâncio com Helena Júlia, foi coroado imperador do Oeste, em York. Alguns anos depois, iniciou-se uma guerra civil para a unificação sob um só imperador. O maior obstáculo a esta unificação seria o Imperador de Roma, Maxentius, filho de Maximiano, o mais poderoso dos tetrarcas. A batalha decisiva ocorreria em 312 quando o Imperador Constantino enfrentou as poderosas forças de Maxentius naquilo que ficou conhecido como a Batalha da Ponte Mílvia. As vésperas desta batalha, Constantino foi avisado em sonho de que deveria escrever nos escudos de seus soldados as iniciais de Jesus Cristo. Ainda nesta visão, surge a mensagem "in hoc signo vinces", que já relatei ao senhor previamente. Na manhã seguinte, 28 de outubro, as legiões de Constantino saíram vitoriosas e Maxentius caia morto nas águas do Rio Tibre. O Império Romano fora novamente unificado porém desta vez sob o cristianismo. Esta vitória ficou imortalizada num arco de triunfo erguido próximo ao Coliseu. Neste monumento, há uma inscrição dizendo que sua vitória era devido a "instinctu divinitatis mentis", uma inspiração divina.

Após a pacificação de Roma, Constantino enviou sua mãe Santa Helena, aos 80 anos de idade, para a Terra Santa afim de procurar por relíquias sagradas. Em 325, Santa Helena reuniu um grupo de estudiosos e identificou o local da morte de Jesus Cristo como realmente sendo o local descrito por Eusébio de Cesaréia na Aelia Captolina num lugar conhecido como Gólgota ou Calvário. Ali existia um templo romano que foi destruído por ordem de Constantino. Escavando o local, encontraram uma pedreira e uma cisterna. Dentro dela três cruzes e uma placa de madeira denominada "Titulus" (uma identificação referindo ao réu ali crucificado). No "Titulus", os dizeres " Jesus de Nazaré, rei dos Judeus" em três línguas: hebraico, grego e latim. As cruzes e o Titulus estavam bem conservados devido as condições climáticas favoráveis desta cisterna. Conta-se que para saberem qual das três cruzes seria a verdadeira acreditava-se que esta deveria realizar um milagre ao ser tocada e assim sucedeu-se. As três cruzes e o Titulus estavam ali aguardados porque José de Arimatéia os teria trazido para a tumba de sua família, na qual Cristo foi sepultado, que ficava nas proximidades da Gólgota. O Imperador então mandou edificar naquele local a Igreja do Santo Sepulcro.

As relíquias foram divididas em três partes. Parte do "Titulus" foi mantida em Jerusalém, uma segunda parte foi enviada para Constantinopla e uma terceira para Roma. A Cruz verdadeira, o símbolo mais poderoso e conhecido do mundo, foi levada para Roma. Em homenagem, em 337, Constantino determinou o banimento da crucificação em todo o Império Romano. A cruz verdadeira passou a ter parte importante na sagrada missão de evangelização dos povos. Durante as cruzadas, por exemplo, os soldados levaram a verdadeira cruz em diversos momentos. Um destes momentos foi na batalha de tomada de Jerusalém, no século XI. Entretanto, em 1190, quando estava no castelo de Beaufort, próximo ao Rio Litani, Saladino ao conquistar a fortaleza cruzada apossou-se da relíquia. Foi queimada e destruída para sempre.

As partes do " Titulus" também estiveram perdidas. Em 1492, o terço romano da relíquia foi descoberta nas ruinas do palácio de Santa Helena. Em sua capela, atrás de um afresco havia um cofre e nela foi redescoberta a relíquia perdida.

Aquele pedaço de nogueira foi analisado por Miguel Ângelo e desde então está depositada na Igreja da Santa Cruz, em Roma, que foi erguida próxima ao palácio de Santa Helena.

- Fantástica! Sinto-me aproximar-me a cada vez mais de nossa relíquia e dela cada vez mais de Deus. Que tenhamos a graça de sermos as pessoas certas a colocar a relíquia a salvo, disse Ribas.

- Sim, as relíquias são realmente fantásticas. Estiveram no centro das questões reformistas quando fomos acusados de paganismo e idolatria e saíram ainda mais reconhecidas e respeitadas. Eram acusações profundamente infundadas. São Tomás de Aquino em sua Suma Teológica sessão III, questão 25, artigo 6 diz que é o próprio Deus que honra como convém as suas relíquias, pelos milagres que faz na presença delas. Portanto, é Deus quem venera a relíquia de seus santos. Já no segundo livro dos Reis, capítulo 13, versículo 21 diz : "certa vez, alguns homens que estavam enterrando um morto avistaram um desses bandos. Jogaram o corpo dentro do túmulo de Eliseu e foram embora. Acontece que o corpo, tocando os ossos de Eliseu, reviveu e se colocou de pé". Isto é uma prova escrita, evangélica, do poder de seus através das relíquias, no caso os ossos de Eliseu.

- Quem foi Eliseu, perguntou Braz.

- Eliseu foi um profeta do antigo testamento. Sucessor do profeta Elias. É reconhecido pelo seu poder de realizar milagres, dentre eles este que citei envolvendo suas relíquias ósseas. Também há milagres atribuídos a relíquias de Paulo no Ato dos Apóstolos, capítulo 19 versículos 11-12 que diz: " Deus realizava milagres extraordinários pelas mãos de Paulo a tal ponto que pegavam lenços e aventais usados por Paulo para colocá-los sobre os doentes, e estes eram libertados de suas doenças e os espíritos maus eram afastados". Finalmente, no Concílio de Trento, realizado entre 1545 e 1563, foram firmadas as doutrinas referente as relíquias. O decreto tridentino diz que ..." devam ser venerados pelos fiéis os santos corpos dos santos mártires e dos outros que vivem com Cristo. Corpos que foram membros vivos do próprio Cristo e templo do Espírito Santo, que por ele devem ser ressuscitados para a vida eterna e glorificados e pelos quais Deus concede aos homens muitos benefícios".

Capítulo X - A gruta

Braz extraia de seu parceiro o máximo em conhecimento. Sua personalidade curiosa e seu interesse por mistérios religiosos fomentados pelos acontecimentos o motivavam a querer saber sempre mais. Pelo outro lado, Dom Cipriano era um homem sábio e cheio de vontade para catequisar e para transmitir conhecimentos.

À medida que cavalgavam, a paisagem ia sofrendo rápida mudança no tipo de solo e na vegetação. Dominava a cena, um monte reluzente que se estendia do norte para o sul por alguns quilômetros. Totalmente formado por pedras diferenciadas de quartzito, rocha magnesiana, que se presta para a utilização na construção de moradias e de edifícios como tijolos e revestimentos, que contrastam com as verdejantes matas e frequentes cachoeiras . Uma imagem bela e diferente de tudo o que se vê na região.

Ao chegarem ao pé do monte, seguiram por uma trilha que levava ao seu cume. A vegetação no monte era muito escassa e as lajes de pedras criavam uma verdadeira escada que os cavalos venciam com dificuldade, devido as inúmeras fendas, depressões e desníveis que alternavam por todo o caminho. A grande altitude (1440 metros) e o risco de acidentes com répteis peçonhentos aumentavam ainda mais as dificuldades em vencer aquele monte, porém, a determinação de ambos fazia com que nada constituísse em obstáculo.

Finalmente, chegaram a uma laje plana onde terminava a trilha. Puderam ver algumas pequenas casas construídas com as pedras locais que adequadamente chamavam de Pedra de São Tomé e cobertas com feixes de palha. Junto a uma pequena encosta de pedras estava edificada a Igreja construída por João Francisco Junqueira em honra de São Tomé em 1775. Era uma igreja monumental para o local e a época.

À direita da Igreja notava-se pequena uma fenda na rocha (não mais que 150 cm x 250 cm) por onde se atingia a gruta de João Antão, onde ele teria encontrando-se com São Tomé. Internamente, a gruta possuía um amplo salão. Dele, dois caminhos diferentes. Um estendia-se por cerca de 15 metros até surgir uma saída. O outro ascendia por uma rampa para a parte superior externa da rocha. Estava batizada de Gruta de São Tomé. A paisagem do local era monótona e fria.

Após as primeiras impressões, desmontaram e seguiram para a Igreja. Braz Ribas, Manoel Mendonça com Dom Cipriano a frente. O bispo, ansioso, procurava o pároco local. A igreja tinha com duas torres com cobertura mourisca recuadas em relação ao pórtico central. O pórtico era lateralizado por duas janelas e outras duas compunham as torres. Passaram pela porta principal e seguiram pelo templo até a sacristia. Lá encontraram com Nelson Luis de Almeida, o sacristão, que desfrutava de um sono profundo. Após produzirem alguns ruídos que foram insuficientes para acordar o grande sacristão, Dom Cipriano optou por um sutil cutucão. Assustado, Nelson viu-se diante de uma homem com vestimentas que nunca vira antes mas que certamente eram de alguém muito importante. Recompor-se rapidamente e disse:

- Mil desculpas, senhores. Estava muito cansado e acabei por adormecer.

- Não se preocupe, meu senhor. Dada a tranquilidade do local não vejo como não adormecer num dia quente como este com o sol, refletindo seu poder em todas estas pedras, disse Braz Ribas.

- Qual é o seu nome, perguntou Dom Cipriano.

- Eu sou Nelson Luiz de Almeida, o sacristão.

- Quem é o pároco e onde ele está?

- O pároco é o Padre Edson Vilela. Ele deve chegar em instantes. Enquanto isto, vou trazer-lhes uma moringa de água e algo para comer.

Aguardaram por alguns minutos e surge entrando pela porta principal do templo o padre. Ajoelha-se frente ao santíssimo rapidamente como uma referência e segue para a sacristia. Lá se depara com três figuras desconhecida estando uma delas vestida como uma autoridade clerical.

- Bom dia, senhores! Eu sou o Padre Edson Vilela. Dom Cipriano, a sua benção, disse ajoelhando-se frente ao bispo e beijando-lhe o anel.

Dom Cipriano colocou a mão sobre a cabeça do padre e disse-lhe:

- Não se assuste com a presença desse bispo aqui em sua paróquia. Estamos apenas de passagem mas precisamos de muitas informações que só o senhor poderá nos responder...

O padre levantou-se e olhou firmemente para todos os três com um olhar surpreso e ao mesmo tempo ansioso. Afinal, concordando com o bispo, é mesmo de se assustar a presença do bispo de Mariana num local tão distante como São Tomé.

- Padre, estamos aqui a procura de informações sobre alguns homens que vieram para estas pastagens por volta do ano da construção da igreja. Como são coisas de um passado não muito recente, de antes mesmo da criação da paróquia, acredito que nossa missão não será fácil, afirmou Dom Cipriano.

- Vossa excelência terá de nós todas as informações disponíveis! Estou aqui totalmente a vossa disposição para coletar e transmitir-lhes todo tipo de informação.

Após uma rodada de chá e algumas amenidades, Braz Ribas, Dom Cipriano, Manuel Mendonça, Padre Edson e o sacristão Nelson Luís saíram da igreja e dirigiram-se para a Gruta de São Tomé.

- Esta é a Gruta de São Tomé. Segundo a lenda, foi nela que um escravo foragido de nome João Antão ficara escondido dos Capitães do Mato do Coronel Junqueira. Durante a sua estadia aqui, um homem surgiu a ele e pediu-lhe que entregasse uma carta ao Coronel Junqueira. Ele o fez e misteriosamente não foi açoitado nem castigado pelo seu senhor. Conta a lenda que o misterioso homem que lhe entregou a carta era São Tomé, por esta razão há um pequeno altar em homenagem ao santo, explicou Padre Edson.

- Nós já ouvimos esta história porém numa versão parecida, afirmou Braz Ribas.

- É uma história intrigante, continuou o padre Edson. Após a construção da igreja, um jesuíta remanescente da expulsão de sua ordem por Pombal, Padre José Mascarenhas, aqui esteve e achou dentro da caverna pinturas rupestres que provaria a presença humana muito antes da era colombiana. E passou a estudá-las. Passava horas e horas nas cavernas estudando as tais pinturas e estudando.

- Estudando? Você diz estudando as sagradas escrituras?

- Não, ele trouxe livros especiais. Não eram a sagradas escrituras. Não posso descrever o assunto pois não tive acesso a eles. Porém sei que não eram a Bíblia pois quando a estudava, o fazia na sacristia e seu exemplar ficava por lá.

- Podemos ver estas pinturas?

- Estão aqui, podem me seguir.

Chegaram a uma pedra mais plana e de posição elevada. Nela padre Edson indicou um desenho feito com tintas vermelhas. Era uma gravura primitiva em que podiam ser observados alguns detalhes: havia uma figura principal, a figura era humana e havia algumas figuras ao fundo. Assim que chegou próximo a figura, Dom Cipriano permaneceu quase que imóvel fitando a imagem por longos minutos. Observou-a por frente e pelas laterais.

- Dom Cipriano, vossa excelência está bem, perguntou o Padre Edson, achando o bispo com uma reação estranha.

Com a voz embargada, Dom Cipriano disse:

- Estamos diante de uma cópia da pintura da Igreja de São Bartolomeu. Esta imagem é de Asmodeus, o príncipe dos demônios. Aparece em primeiro plano, vejam a sua silhueta, os chifres, sua posição abaixado e atrás é o batizado de Jesus Cristo.

- Asmodeus! Exclamou o padre Edson.

- Sim, Asmodeus, o demônio, disse o Bispo.

- Por que alguém faria um desenho de Asmodeus numa caverna? Deve haver alguma uma razão para que isto esteja aqui.

- Sim, Sr. Ribas. Deve haver. Como deve haver também uma razão para o padre Jesuíta ter ficado para estudar estas pinturas... Acredito que Padre José Mascarenhas tenha encontrado mais coisas além de pinturas rupestres. Padre Edson, o que sabe sobre o Padre José Mascarenhas.

- Não sei muita coisa. Era um homem muito reservado. Chegou aqui alguns anos após a construção da igreja. Dedicou-se as estas pesquisas em cavernas. Andou por toda a região. Só isto sei. Nosso sacristão, Nelson, trabalhou com ele pessoalmente e pode nos dar maiores e melhores informações.

- Sim, excelência, eu trabalhei com Padre José Mascarenhas. Eu realmente achava aquele homem misterioso. Entrava naquela caverna e ficava estudando aquelas pinturas. Eu achava que seu jeito estranho, muito discreto, era por causa da expulsão de sua ordem do Brasil. Pensava que ele tinha medo de ser expulso e por esta razão ficava sempre com poucas palavras. Estávamos sem padre na paróquia. A cada dois meses, vinha um padre de uma paróquia próxima para celebrar uma missa. Com a chegada do Padre Mascarenhas tudo ficou mais fácil, ele celebrava missas, batizava as crianças, casava os noivos e encomendava os enfermos. Mas eu percebia que sua missão não era aquela. Ele não estava aqui por outra razão. Havia algo maior.

- Que fim se deu ao Padre Mascarenhas?, perguntou Dom Cipriano.

- Eu não tinha nenhum conhecimento de seus planos. Numa semana de abril, após a semana santa, ele pediu-me que não agendasse mais nada. Ele iria estar fora por alguns dias e quando voltasse retomaria a agenda paroquial. Levou alguma coisa num embornal e nunca mais voltou.

- Tiveram alguma notícia dele?

- Não nunca mais ouvimos falar dele. Desapareceu.

- Muito estranho, exclamou Dom Cipriano. Teremos que investigar esta história. Padre Mascarenhas deixou algum objeto ou anotações?

- Não deixou nada. Ele não tinha muita coisa. Quase nada mesmo!

- Certamente! A ordem dos jesuítas prega a obediência e o voto de pobreza e castidade, assim como Inácio de Loyola e os seis companheiros fizeram após fundar a Companhia de Jesus. É uma organização extremamente disciplinada que enfatiza a absoluta abnegação e a obediência ao Papa e aos seus superiores. Ad maiorem Gloriam Dei.

- Estranho, observou Ribas! Então por que este padre permaneceu em terras coloniais se foram expulsos por Pombal com apoio do Papa?

- Eis uma questão que me intriga. Não seria coerente toda a Companhia de Jesus ser expulsa e deixarem um padre para trás. Assunto complexo. Os jesuítas formam uma comunidade muito coerente e disciplinada. Uma vez dada uma ordem, certamente obedeceriam de imediato e sem questionamentos. Eu arriscaria uma opinião: Padre Mascarenhas estava aqui em alguma missão.

- Uma missão? perguntou assustado Braz Ribas.

- Sim. Uma missão. E como havia uma ordem papal para que todos os jesuítas saíssem da colônia, esta missão só pode ter sido dada por uma pessoa: o próprio Papa. Portanto, temos um mistério muito maior do que nós possamos imaginar. Há algo mais que precisamos descobrir: o que aconteceu com João Antão e com os padres de São Bartolomeu. Se vieram para cá devem ter deixado algum registro.

- Senhor, como poderiam deixar registros se a igreja e a comunidade só foram erguidas após a sua passagem?

- Há um registro!

- Qual?, perguntou o padre.

- As pinturas rupestres!, afirmou o bispo.

- As pinturas!, exclamou Ribas. Por esta razão o padre jesuíta estava aqui. Estava tentando decifrar as pistas deixadas pelos padres de São Bartolomeu.

- Exatamente! Acredito que Roma, já tinha informações sobre este ataque demoníaco e tenha enviado o jesuíta. Deve ser um estudioso em possessões demoníacas.

Permaneceram na sacristia por alguns dias levantando os documentos e o livro do tombo. Fizeram uma grande devassa tanto em papéis como em objetos e na própria estrutura da Igreja de São Tomé. Todas as imagens foram baixadas e examinadas a procura de algum "Santo do Pau oco" que porventura pudesse conter alguma pista. Ao visitar a igreja, Dom Cipriano deparou-se com algo muito estranho, a coluna de suporte da pia batismal apresentava desenhos em relevo que demonstravam o batismo de Cristo no Rio Jordão e ao observar com atenção notava-se uma figura como a da Igreja de São Bartolomeu: o demônio Asmodeus.

- Não há dúvidas de que estamos seguindo os passos de Asmodeus. Devemos agora seguir para a busca em campo, convocou o bispo.

No final de dois dias, após a falha na localização de alguma pista, decidiram-se por procurar as pista fora da Igreja, nos arredores da vila.

- Sr. Nelson, disse-nos que Padre Mascarenhas gostava de frequentar cavernas. Além desta gruta de São Thomé, há alguma outra?

- Sim, são muitas. Existem grutas espalhadas por toda a região de São Thomé. As mais conhecidas são as do Labirinto, a de Sobradinho e a gruta do Longa. Esta última a maior delas.

- Sabe em qual o Padre Mascarenhas estava trabalhando?

- Ele não comentava sobre o que fazia. Era um homem muito discreto. Sei que frequentava grutas porque voltava com suas roupas muito empoeiradas como se estivesse rastejado pelo chão de alguma caverna. Já o vi sair em direções diferentes o que suponho sejam grutas diferentes a cada partida. Ultimamente, estava indo muito para a região em que fica a Gruta Longa, a maior daqui.

- Portanto, temos que visitar esta gruta. Antes disto, precisarei de roupas adequadas. Sr. Nelson, o senhor teria alguma calça que pudesse usar? Terei dificuldades em entrar nestas grutas com batina...

- Sim, tenho alguma coisa mas, não está à altura de um bispo...

- Não se preocupe, Sr. Nelson. Este bispo aqui presente não tem a preocupação com luxos e honras. Minha missão é servir à Deus e não às vaidades terrenas.

E assim, prepararam-se e partiram em busca da gruta. Andaram por cerca de duas horas no sentido nordeste por entre montanhas, pedreiras e matas. Chegaram a um local guiados pelo sacristão e pelo Padre Edson. Havia uma formação rochosa baixa e nela uma fenda inferior. Braz Ribas foi o primeiro a adentrá-la. Seguido pelo bispo Dom Cipriano que demonstrava grande versatilidade vestindo calças do sacristão Nelson, pelo Padre Edson que não dispensara a sua batina preta, Manoel Mendonça e pelo sacristão. Desceram cuidadosamente. A fenda de abertura era alta o suficiente para a passagem de um homem de alta estatura e larga para dois homens lado-a-lado. O piso era irregular com muitas pedras e as paredes não eram de pedras expostas como era de se esperar mas de terra. Esta certamente levada pelas águas das chuvas. As tochas foram acessas logo nos primeiros metros da gruta. Ali reinava a escuridão. Dom Cipriano seguia observando todos os detalhes da gruta que se revelava estreita, sem grandes galerias porém longa e em constante descida. As tochas iluminavam o caminho, as paredes e o chão. Por todos os lados observavam-se morcegos que descansavam de cabeça para baixo emitindo seu som característico. Vez ou outra um grupo deles passava em voos rasantes sobre os visitantes que se abaixavam num reflexo de defesa e proteção. Após caminharem por cerca de 100 metros, Dom Cipriano sugeriu uma pausa para descanso e análises.

- Estou em dúvida se esta gruta teria interesse para o Padre Mascarenhas. Suas paredes revestidas de terra não são compatíveis com pinturas ou mensagens. Vejam a batina do Padre Edson, está toda suja de terra vermelha.

- Sim excelência, ao descer pela fenda encostei nas paredes e saí todo carimbado.

- Esta então é a gruta do Carimbado, brincou Ribas.

- Vamos seguir por mais alguns metros e vejamos o que surge. Não vejo nada de atrativo ou inspirador nesta gruta. Vamos seguir.

Descansaram por alguns minutos e voltaram a caminhar. A gruta seguia como antes, um corredor longo com declive pequeno porém perceptível ao andar. À medida que seguiam, o ar rarefazia e esfumaçava-se. Foi necessário apagar as tochas deixando apenas uma pequena que seguia à frente com Ribas. Mais alguns passos e encontraram um pequeno salão lateral a via principal. Adentraram-no. Era revestido por rochas graníticas e possuía um pequeno lago de águas cristalinas que minavam das rochas pingando ou escorrendo até ele. Dom Cipriano, examinou as paredes a procura de algum sinal mas nada encontrou. Repentinamente, Ribas pede silêncio com um gesto de dedos frente a boca. Todos se calaram, Ribas apaga a tocha e faz um psiu. Ao longe podiam ouvir vozes. Eram vozes masculinas e estavam vindo em direção à saída. Eram duas ou mais vozes conversando e gargalhando. Ficaram todos quietos ouvindo os sons aproximando-se. À medida que se aproximavam podiam perceber tratar-se de uma língua estrangeira. Dom Cipriano ficou atento a sua conversação e após passarem por eles, segui-os por alguns metros sem atendo as conversas. Ao saírem das proximidades, Dom Cipriano voltou a seus companheiros e disse:

- Sr. Manoel, quero que volte imediatamente para Mariana.

- Mariana! Espantou-se Manoel Mendonça.

- Sim, e deve ser de imediato. Precisamos do Padre Benedicto Ramón aqui com toda urgência.

- Padre Ramón não é o exorcista? Perguntou Padre Edson.

- Sim, o exorcista. Estamos em perigo. Precisamos de seus conhecimentos. Estamos diante de um problema muito mais grave do que imaginávamos. Estes três homens que passaram são demônios travestidos de corpos humanos. Conversavam em Aramaico, a língua de Cristo. Pude entender a sua conversa. Os três eram: Asmodeus, Atarote e Balam. Asmodeus é nosso conhecido da Igreja de São Bartolomeu, da pia batismal e das pinturas. Atarote é o Grão –Duque do Inferno e compõe a trindade maligna conjuntamente com Belzebu e com Lúcifer. Balam é um outro príncipe do Inferno. Comanda mais de quarenta legiões de demônios. Os três estavam encarnados em corpos humanos de pessoas comuns que foram por eles possuídos. São demônios da alta patente do inferno. Sob suas ordens estão os Exércitos do Mal. Agora sei o que padre Mascarenhas pesquisava: esta gruta é uma passagem para o Inferno! Daqui os demônios distribuem suas forças por toda a colônia. Estão planejando a conquista do Papagaio e a libertação dos demônios presos naquele Pico. Vocês têm que sair daqui.

- O Senhor não vem?, indagou Padre Fábio.

- Não, vou ficar esta noite aqui. Provavelmente, estes ou outros demônios passarão por aqui e posso obter mais informações.

- Fique então com minha arma, ofereceu-lhe Braz.

- Agradeço, mas recuso, Sr. Braz. De que me valerá a arma de fogo contra demônios? Tenho comigo o crucifixo e a palavra de Cristo. Em Efésios 6:11 diz que "devemos lutar contra as artimanhas do Diabo" e é o que vamos fazer.

- Vou ficar aqui para procurar eventuais pistas deixadas pelo Padre Mascarenhas. Manuel Mendonça seguirá para Mariana para procurar e trazer aqui o Padre Ramón. Estou certo de que ele fará toda a diferença. Os demais de vocês vão à procura de uma cruz de ferro que deverá ser benta e ter como medida no mínimo um metro e meio. Vamos precisar de uma.

Dom Cipriano ficou só naquela galeria. Braz Ribas, Padre Edson e Nelson saíram em direção à Igreja com a missão de acharem ou confeccionarem uma cruz de ferro que deveria ser grande o bastante para ocupar mais de metade da passagem além de ser benta com água que fora abençoada durante a cerimônia eucarística da Páscoa que é quando o Cristo vence a morte e ressuscita. Manoel Mendonça seguiu para Mariana à procura do Padre Benedicto Ramón.

Solitário, o bispo rezava e mantinha-se atento a todo tipo de movimento. Quando tudo parecia calmo, pegava a tocha que permanecia acessa e oculta em uma pequena galeria cuja entrada fechava com uma pedra para impedir a transmissão de sua luminosidade revelando assim a sua presença e, fazia um detalhada análise nas paredes e pisos da caverna. Jesus ficou quarenta dias no deserto sob a tentação de Satanás. Posso ficar alguns dias aqui enfrentando os seres do mal, pensava. Tinha suprimentos para cinco dias o que seria suficiente. Disciplinado, destacou três prioridades para estes dias: descobrir mais sobre os que passavam; decifrar eventuais mensagens deixadas pelo padre Mascarenhas e pedir ação do Espírito Santo iluminando sua mente mostrando-lhe o melhor caminho a seguir.

Capítulo XI - A Divina Comédia

Atribuídas a arte pré-histórica ou pré-colombiana as pinturas encontradas nas grutas de São Thomé causam confusão. Estas, nada tem de arte mas sim de comunicação. Aquelas pinturas comunicam algo. Ao contrário das artes rupestres encontradas mundo afora, os registros de São Thomé são exclusivamente em pintura não possuindo as gravuras que são imagens gravadas em incisões na própria rocha. Isto talvez pela pressa em confeccioná-las ou a necessidade de fazê-lo sem o barulho do esculpir a rocha. Dom Cipriano dispor-se a analisá-las cuidadosamente por que estava confiante de que encontraria naquelas pinturas mensagens deixadas pelos padres de São Bartolomeu. Talvez encontrasse até mesmo algo deixado pelo Padre Mascarenhas.

Após algumas horas de trabalho, encontrou vestígios de pintura com pinta vermelha em uma lateral da gruta localizada antes da fenda por onde passaram os três demônios. Iluminou-a com a tocha e subiu sobre uma pedra para melhor visualizar. Para sua surpresa, não eram desenhos mas um texto onde se lia:

"Per me si va nella città dolente. (Por mim só se vai à cidade triste.)

Per me si va nell' eterno dolor. (Por mim só se vai à eterna dor.)

Per me si va tra la perduta gente. (Por mim se vai entre a perdida gente.)

Giustizia mosse il mio alto fattore. (A justiça inspirou meu alto Criador.)

Fecemi la divina potestate. (Fui criado pelo divino potente.)

Ia somma sapienza e I' primo amore. (Suprema sabedoria e básico amor.)

Dinanzi a me non fuor cose create. (Antes de mim nada era existente.)

Se non etterne, e io etterno duro. (além do eterno e eu eterno sou.)

Lasciate ogni speranza voi ch'entrate. (vós que entrais deixai toda esperança.)

Dom Cipriano analisou cautelosamente a mensagem que estava gravada junto à fenda da gruta. Aquela fenda seria um portal? Estava escrita em italiano. Certamente era uma mensagem deixada pelos padres. É uma citação do livro "A divina comédia", de Dante, no Portal do Inferno. Tal como descrito por Dante o texto precedia a entrada do Inferno?

Será que por onde saíram os demônios é o Portal do Inferno? Na inscrição chama a atenção a palavra "Giustizia". A justiça divina condena a todos que morreram sem se arrepender de seus pecados. O perdão, o ponto alto da ação de Deus, não pode alcançá-los porque eles próprios o rejeitaram. Por esta razão "lasciate ogni speranza voi ch'entrate". Na Divina Comédia, atravessando-se o Portal do Inferno entra-se no Vestíbulo do Inferno onde estão os mortos que não podem ir nem para o céu nem para o inferno. Cipriano atravessou o "portal" indicado pelos padres. Estava convicto de que os padres estiveram no interior da fenda e, conseguiram voltar para escrever a mensagem . Isto dava-lhe segurança para avançar com a certeza da volta. Manteve progredindo dentro da gruta cuidadosamente. Logo alcançou um lugar amplo que deduziu ser o Vestíbulo do Inferno, o lugar dos indecisos.

Achou melhor agir mais cautelosamente. Encostou-se em um canto e passou a recapitular a grande obra de Alighieri. Na obra, logo após passar pelo Portal e pelo Vestíbulo, Dante chega ao Rio Aqueronte um grande rio de águas quentes borbulhantes em cujas margens encontram-se centenas de pessoas. Logo à frente, um cais e nele um barco comandado por um remador de mandíbulas barbudas, o Caronte.

Ao atravessar o Aqueronte, atinge o primeiro círculo do inferno, o Limbo. O Portal, o Vestíbulo e o Limbo compõem o Inferno Superior. Foi no Limbo que Dante encontrou-se com Virgílio que o acompanhou pelo Inferno. Limbo (Limbus) significa borda ou extremidade, portanto estão no Limbo aqueles que moram na borda superior do Inferno. Dante afirmava que estão neste nível aqueles que viveram antes do Cristianismo, não adoravam a Deus corretamente e não foram salvos pelo sacrifício de Cristo na cruz. Cipriano entretanto, acreditava que Jesus ressuscitado teria visitado o Limbo para libertar as almas dos que acreditaram em sua vinda. Isto teria ocorrido em sua descida à mansão dos mortos no sábado santo, acenado na primeira carta de São Pedro e recitado na oração do Credo.

Dante teria encontrado diversas almas neste primeiro nível do Inferno como a do Papa Celestino V, que de caráter fraco, submisso e desajustado para o cargo abdicou em 1294. Cipriano sempre discordou da colocação de Celestino V no inferno, por Dante. Para ele, questões pessoais da política de Florença haviam dado razões para o autor colocar o futuro São Pedro Celestino no Limbo. Uma injustiça, dizia. Além do papa estão no Limbo de Dante, Esaú, o filho de Isaac e Rebeca que vendeu sua primogenitura para Jacó por um prato de lentilhas e, Pôncio Pilatos que no pensamento de Dom Cipriano também estava em um círculo errado.

Dom Cipriano conteve-se no Vestíbulo do Inferno diante do que deduziu ser o Rio Aqueronte. Não sabia como atravessá-lo uma vez que Dante não o relatou. Segundo a "Comédia", quando Dante estava para entrar no barco de Caronte, a terra tremeu, o vento soprou forte e uma luminosidade intensa privou o autor de seus sentidos. Acordando já na outra margem mas nunca se soube como atravessou. Talvez o barco fosse exclusivo para leves almas de mortos e um vivo seria pesado demais para a embarcação.

O bispo continuou a sua investigação. Ouvia suspiros e lamentações que vinham de todas as direções. Línguas e sons aterrorizantes, expressões de aflição e de raiva abundavam no ambiente. Escondido entre as rochas, Cipriano procura conhecer um pouco mais daquele terreno inóspito. Sabia que as condições deveriam ser muito mais adversas no Inferno Inferior. Estava decidindo se deveria ou não continuar. Não queria ser mais um homem vivo a entrar nas entranhas do Inferno Inferior depois dos semideuses Héracles e Dionísio e dos mortais Orfeu e Dante. Orfeu foi em busca de sua Eurídice e Dante de sua Beatrice. Cipriano não tinha nada pessoal para buscar naquelas profundezas. Tinha algo muito mais nobre: impedir que os das profundezas invadissem o mundo da superfície.

Em sua mente privilegiada, analisava e compilava informações armazenadas no decorrer de sua vida. Sabia que o Inferno era constituído por nove círculos, três vales, dez fossos e quatro Esferas. O principal Portal do Inferno encontra-se em Jerusalém. Foi lá que Lúcifer caiu quando despencou do

Céu. Outros portais estariam espalhados pelo mundo. Um deles agora descoberto em São Thomé.

Nos círculos superiores encontram-se os condenados por pecados mais leves e nos inferiores os de pecados mais graves. Apesar de seus receios, Cipriano optou por seguir adiante. Foi ao encontro de Caronte para atravessar o Rio Aqueronte, o divisor do mundo dos vivos e o mundo dos mortos. Deixou uma moeda Portuguesa na boca de um cadáver ao lado do cais e seguiu para a barca. O barqueiro o atravessou sem intercorrências. Chegou ao Limbo, o primeiro círculo.

Seguiu cautelosamente em frente e logo chegou ao segundo círculo, O Vale dos Ventos. Nele estão os que cometeram o pecado da luxúria. Por este nível todas as almas passam para serem condenadas após confessarem seus pecados a Minos, o juiz do Inferno. As confissões são sempre verdadeiras porque as almas estão desprovidas de inteligência e portando nunca mentem. As sentenças são proferidas por Minos através do número de voltas que sua cauda dá sobre os pecadores. Cada volta corresponde a um círculo que somadas corresponderá ao círculo de sua condenação.

O bispo prosseguiu em frente: para o terceiro círculo: o Lago de Lama. Lá estão os que pecaram pela gula sepultados e afogando-se no próprio vômito sob a vigia de Cérbero, o cão de três cabeças. Continuou para o quarto círculo, as Colinas de Rochas. Neste círculo estão os esbanjadores e os gananciosos condenados a ficarem o tempo todo a transportar o peso de suas riquezas.

Passou rapidamente para o quinto círculo. Nele estão os condenados por terem sido irados ou rancorosos mergulhados na lama fétida do rio Estige suspirando borbulhas fétidas e agredindo-se uns aos outros. Adiante, o sexto círculo, a Cidade da Dor Eterna ou a cidade dos Anjos Caídos. Neste local estão todos aqueles que não acreditaram em Deus. Os violentos estão no sétimo círculo. Este círculo está subdividido em três anéis. O anel externo abriga os condenados por assassinatos. O anel médio, os suicidas e o anel interno os sodomitas. No oitavo círculo estão os fraudadores, os estelionatários.

O último círculo era o que interessava a Cipriano. Neste local estão os condenados por traição. Este possui quatro zonas. A primeira é Cainã, que abriga os traidores comuns. Na segunda zona, Antenora, estão aqueles que traíram a Pátria. Na terceira, chamada Ptolomaica, ficam os que trairam seus amigos. A quarta e última zona do nono círculo, chamada de Judeca, é reservada aos traidores de seus mestres, àqueles que traíram a quem tudo deviam. O nome é uma referência ao traidor mais famoso da história: Judas Iscariotes. Neste local reside o Rei do Inferno, Lúcifer, o anjo que traiu Deus.

Aqui as almas dos traidores estão submersas no gelo, algumas deitadas na horizontal, outras na vertical com os pés para cima ou a cabeça para cima. O gelo é do lago Cocite, o lago das lamentações. É formado pelas lágrimas dos condenados e pelos rios do inferno. Lúcifer fica com meio corpo dentro do gelo. É peludo, enorme (mede mais de 400 metros), têm asas como de morcegos e tem três cabeças. Em cada uma das cabeças mantém mascando um dos grandes traidores. Quando da visita de Dante, triturava: Judas, Brutus e Cassius, três homens que traíram respectivamente Jesus Cristo e Júlio César.

Durante a caminhada de Cipriano pelo Inferno tal como Dante, visualizou muitas almas conhecidas. Decorrente de sua imperante necessidade de retornar à superfície e manter-se incógnito, não se aproximou de nenhuma delas. Porém, não deixou de observar durante seu curso a presença de homens com os quais havia convivido dentre eles os irmãos Walter e Virgílio que estavam sendo mascados nas grandes bocas de Lúcifer por terem traído aquele que fora seu mestre e sobretudo seu pai.

Para Dom Cipriano, chegar até Lúcifer estava totalmente fora de cogitação. O inferno é inóspito, perigoso e mortal para os vivos. Porém, sua fé o levou até ele. Observou detalhes do Inferno e após satisfeito de suas necessidades, rumou para os círculos superiores. Tinha em mente que o Inferno era um lugar para almas e não para corpos. Deus lhe havia concedido a oportunidade de aprender muito com sua viagem as profundezas do Inferno e assim poder derrotar as manobras do mal.

Agora, sua estratégia é bloquear o Portal do Inferno, em São Thomé, ...e não deixar que os demônios o ultrapassem. Satisfeito com as observações, porém ainda tenso , deixou-se imaginar como teria sido a aventura de Dante e Virgílio pelos infindáveis níveis do inferno que tanta aversão o faziam sentir naquele momento. Como estudioso da literatura clássica, Cipriano conhecia bem a obra de Virgílio e de Dante. Aquele, um dos maiores poetas de Roma e da cultura latina. Autor do clássico Eneida, sua obra mais conhecida e as Geórgicas considerada sua obra mais perfeita. E este, um gênio medieval cuja obra chegou a influenciar até mesmo a Igreja com a popularização dos pecados capitais associando-os a cada nível do inferno (Soberba, Avareza, Luxúria, Inveja, Gula, Ira, Preguiça, Heresia e Mentira).

Era hora de sair. Superou os níveis, atravessou a barca com Caronte e foi rasteiramente evadindo o Vestíbulo em direção ao Portal. Nas proximidades, sentiu subitamente uma mão postar-se em sua boca comprimindo-a para que não emitisse ruídos. Assustadíssimo, Cipriano ouve:

- Silêncio! Meu nome é Mascarenhas. Sou um homem vivo. Não tema.

Soltou a boca de Cipriano e postou-se em sua frente.

- Eu sou Cipriano, Dom Cipriano, bispo de Mariana. O que faz aqui? Como sabes que não sou um demônio?

- Os três auxiliares do Rei dos Demônios estão fora. Asmodeus, Atarote e Balam saíram há um dia. Estão em preparativos para uma grande ação. Chamou-me a atenção o enorme crucifixo em seu peito o que seria incompatível com um demônio.

- O senhor é então o Padre Mascarenhas, o jesuíta?

- Sim. Sou eu mesmo. As suas ordens. Vamos sair daqui rapidamente, conversaremos fora da gruta em algum lugar mais seguro.

A saída se deu sem maiores problemas e grande foi seu alívio ao deixar aquele pesadelo totalmente para trás. "Quanto ao mais, sede fortalecidos no Senhor e na força do seu poder. Revesti-vos de toda a armadura de Deus, para poderdes ficar firmes contra as ciladas do diabo; porque a nossa luta não é contra o sangue e a carne e sim contra os principados e potestades, contra os dominadores deste mundo tenebroso, contra as forças espirituais do mal, nas regiões celestes" (Efésios 6:10-12).

Capítulo XII - Ramón

Em toda a arquidiocese não havia homem como Ramón. Benedicto Ramón nasceu na Madri, Espanha. Desde cedo apresentou uma determinante vocação para o sacerdócio. Alto, pesado, forte, calvo, de temperamento marcante e de paciência curta, passava longe do estereótipo de um pároco ibérico. Talvez, por seu temperamento tenha calcado sua trilha eclesiástica pelo caminho da dominação da besta. Após a sua formação no seminário mariano de Madrid, fez elevados cursos na França focados na luta contra as forças demoníacas, era um exorcista.

Especializado na "expulsão dos maus espíritos", Ramón foi nomeado exorcista pelo Bispo adjunto de Madrid. Alguns anos depois foi convidado a transferir-se para a Diocese de Lamego. Lá permaneceu até ser mais uma vez convidado a transferir-se, desta vez para a colônia portuguesa na América pelo próprio Dom Cipriano, como exorcista-mor da Arquidiocese de Mariana. Aqui chegou na comitiva do bispo e durante este curto período já executou diversos exorcismos naquela cidade e região. Criterioso, cita com frequência Santo Agostinho em seu sermão 163/B: "...não de todas as coisas se deve acusar o diabo, às vezes o próprio homem é diabo para si mesmo...". De paciência curta, não figura como homem de muitas amizades. Não pensa para falar, fala o que pensa. Um homem verdadeiro e confiável.

Após dias exaustivos de viagem, Manoel Mendonça finalmente chega a Mariana. Foi diretamente à cúria. Tinha livre acesso à sede da diocese uma vez que era o braço direito do bispo.

- Preciso falar urgentemente com padre Benedicto Ramón, venho com ordens expressas de Dom Cipriano, falou Manoel ao secretário da Cúria.

- Padre Ramón está em retiro no Convento da Ordem do Carmo.

Manoel seguiu para o convento rapidamente. Padre Ramón gostava de exercer um apoio sacerdotal as carmelitas descalças enclausuradas. Uma das razões de ter aceitado o convite de Dom Cipriano para vir para a colônia foi a possibilidade de ajudar com a consolidação dos carmelos no Brasil. A palavra carmelo significa Jardim. Segundo a tradição, o profeta Elias instalou-se em uma gruta num monte chamado Carmelo, na Porfíria, para uma vida eremítica de contemplação. Esta foi a inspiração para que alguns religiosos do século XIII criassem uma ordem que tentava seguir os passos de oração, simplicidade e silêncio de Elias. Em 1226, o Papa Honório III aprovou a criação desta ordem contemplativa. Em 1593, Santa Teresa de Ávila e São João da Cruz, realizaram uma reforma nesta ordem com a criação da Ordem dos Carmelitas Descalços. Foram criadas três categorias de carmelitas: os padres, as freiras de clausura e os leigos.

Padre Ramón não pertencia a esta ordem, todavia demonstrava nutrir um sentimento de respeito e afinidade pela contemplação e pela oração em silêncio desenvolvida e nutrida nos Carmelos. Sentia-se bem visitando as clausuras. Por ser um padre diferenciado, amplo conhecedor de teologia e demonologia, era sempre convidado e bem recebido nos carmelos para proferir palestras, celebrar missas e participar das celebrações.

Era um homem de vocação. Gostava do que fazia e tudo o que fazia era bem-feito. Entretanto, só fazia o que gostava. Não era de seu feitio fazer agrados. Podia ficar uma semana incomunicável dentro de uma clausura em contemplação mas não seria capaz de ficar quinze minutos em uma quermesse. Sua personalidade verdadeira e sincera era fonte de desconfiança e inveja dentro do clero.

Sua vocação veio no final da adolescência. Na sua juventude, Ramón foi um rapaz comum para a idade. Nutriu uma paixão de adolescente por uma bela menina que compartilhava a sua idade. Seu nome era Mécia. Filha caçula de uma família de quatro filhas e um filho. Seus contatos eram através de rápidos flertes e mensagens que as amigas e parentes levavam de um para o outro. Um amor platônico.

Seu pai era um homem carrancudo, sistemático, de poucas palavras e de hábitos pouco sociais. Sobrevivia de pequenos negócios e não mantivera a tradição agrícola da família. Pouco ouvia-se falar dele. Alimentava um respeito distante pelo jovem Ramón porque este fora testemunha ocular de uma cena de adultério entre ele e uma senhora casada vizinha. Segredo que sempre guardou. Era um trunfo que Ramón escondia na manga. Já a mãe, o contrário, expansiva, risonha, agradável ao trato, transbordava felicidade e era contagiante no otimismo. Mulher que determinava a si um ritmo pesado de obrigações em casa para com a família.

Os dois jovens mantiveram aquele romance inocente durante alguns anos. Tudo que Ramón queria era Mécia e tudo que Mécia queria era Ramón. Ao completar seus dezoito anos, a menina começou a transformar-se. Já não aparecia em público com frequência, a janela mantinha-se sempre vazia e sua ausência era notada por todos. Os recados para Ramón já não vinham mais e Mécia passou a ser uma ausência real. Havia algo errado! O jovem percebia que algo não estava

correndo bem. Onde estaria Mécia? Por que não mais a via?
Seu desaconchego foi crescendo, tornando-se insuportável até
um membro da família revelar-lhe que Mécia foi acometida
por uma enfermidade que a deixou desligada das coisas,
desinteressada, sem animo e sem vida. Seus olhos ficaram
foscos, sem o brilho outrora transbordava, de sua boca pouco
se ouvia e seus passos tornaram-se lentos e desorientados.
Passou a chorar muito e isolar-se. Já não dormia, passava as
noites em claro sentada a beira da cama sem mover-se com
olhar fixo em um ponto perdido qualquer. Sentia-se culpada
de tudo sem ter feito nada.

Mécia realmente não estava bem. A família pediu todo
tipo de socorro, consultou padres, doutores, curandeiras e
acabou por ser aconselhada a interná-la. Foi levada para um
local longe da família e da sociedade segundo a família para
tratamento e repouso. E por lá Mécia permaneceu por muitos
anos. Ramón não mais a viu.

Frustrado, o jovem convenceu-se a seguir a vida
religiosa." Recebi um chamado", dizia. Foi para um seminário.
Lá viu fortalecer ainda mais a sua fé, estudando as escrituras, o
latim e a filosofia dos pensadores gregos e latinos. Mantinha
uma luta diária contra sua imensurável vontade de estar com
Méci, de ouvir a sua voz, de pousar suas mãos na dela e
abraçá-la com energia e calor. Seus estudos foram focados
inicialmente para tornar-se um pároco de alguma comunidade
do interior da Espanha.

Com o passar dos anos, o sedimentar do conhecimento
o fez reconhecer as suas limitações. A facilidade que possuía
para concentrar, estudar e contemplar era inversamente
proporcional a sua afinidade por social, por festas e por
bajuladores. Este último conjunto compõe o trivial do pároco

do interior. Focou-se em estudos mais profundos e direcionados. Já nesta fase de estudos, soube dos eventos em Évora por ocasião da Guerra da Restauração, os milagres da relíquia de São Bartolomeu, as curas das doenças mentais, a destruição do templo e o desaparecimento da relíquia.

Estava certo de que havia o envolvimento do maligno naqueles fatos. Passou a aprofundar-se em demonologia e posteriormente tornou-se um exorcista. Nesta fase, Mécia estava internada em um isolamento para doentes mentais e possessos. Exerceu por longo período atividades de exorcista na Europa até ser convidado por Dom Cipriano para uma mudança radical: estabelecer-se na América Portuguesa.

Após aguardar algum tempo, Padre Ramón veio receber Manoel junto as portas de entrada do Carmelo.

- Padre Ramón, disse Manoel ao encontrá-lo, venho sob as ordens expressas de Dom Cipriano. Precisamos seguir imediatamente para o limite sul da Diocese. Temos muita urgência. O senhor é muito necessário lá.

Como era de seu hábito, Ramón não proferiu nenhuma palavra. Sabia que Dom Cipriano estava à procura da solução para os mistérios da relíquia de São Bartolomeu e talvez, aquela seria a oportunidade que tanto aguardava e que inconscientemente o havia feito vir para os confins da América. Seguiu até o quarto de visitantes do carmelo que fica externamente às clausuras, apanhou sua pequena pasta sacramental e sua mala e veio tomar o rumo a seu novo destino.

Durante a viagem, Manoel Mendonça explicou vagamente o que ocorria. Ramón ouvia com atenção e sempre respondia com poucas palavras. Introspectivo, vez ou outra o padre brandava em bom tom pensamentos famosos sobre o maligno como: " Submetei-vos a Deus. Resisti ao Diabo e ele fugirá de vós" ou " o demônio teme a alma unida a Deus como ao próprio Deus", demonstrando estar sempre em contemplação e pensamento ativo. Era sua conversa com Deus.

A certa altura do percurso, Ramón pergunta à Manoel Mendonça:

- Para onde vamos é próximo do Pico do Papagaio em Aiuruoca?

- Estamos seguindo para Baependy, uma pequena vila muito próxima de Aiuruoca. Do alto dos montes é possível visualizar o Pico do Papagaio.

- Ótimo! Tenho interesse neste Pico.

Seguiram cavalgando por alguns dias. Ramón era uma fonte de sabedoria. Ao ser indagado sobre sua origem espanhola, dizia ser um cidadão do céu, estar aqui de passagem e ter sua meta em Deus. Sobre ser o escolhido de Dom Cipriano afirmava que não somos chamados por sermos os melhores mas sim porque damos o melhor de nós.

Ramón teria milhares de razões para não deixar a Europa para enfrentar o ainda selvagem território da colônia. O que determinou esta decisão foi exatamente a história de Évora e o convite de missão de Dom Cipriano para vir à procura da relíquia de São Bartolomeu. Achando-a poderia tentar a cura de Mécia. Não poderia perder esta missão.

Capítulo XIII - A Cruz de Ferro

Braz Ribas, Padre Edson e Nelson Almeida chegaram na pequena São Thomé à procura de uma cruz nas medidas encomendadas pelo Bispo. Já era noite. Braz logo foi indagando a Nelson onde morava o ferreiro e que o levasse até lá, o que foi apoiado pelo padre Edson.

Ferreiro?! Exclamou Nelson. Aqui não tem nenhum ferreiro. Já ouvi falar de um ferreiro em Baependy mas este morreu há alguns anos.

Não tinham tempo para investigações. Procurar por um ferreiro nesta ampla área poderia levar meses dependendo da sorte. A cruz deveria ser levada ao bispo com muita urgência. Por alguns instantes predominou o silêncio. Todos pensativos e receosos de não conseguirem realizar a tarefa.

Entraram na igreja pela sacristia que fica em seu fundo. Sentaram-se a mesa e Ribas pôs-se a pensar numa saída.

- Padre, perguntou Ribas, o senhor não tem uma cruz de ferro utilizada em cerimônias ou procissões?   -

Temos várias cruzes, porém nenhuma de grandes proporções. São cruzes ornamentadas ou com a imagem de Nosso Senhor Jesus Cristo, mas todas não maiores que três palmos.

- E, no cemitério? Indagou Ribas. Há alguma grande cruz?

- Nosso cemitério é pequeno e as pessoas aqui sepultadas são na sua maioria pobres que mal tiveram abrigo enquanto vivas e não o tem também após a sua morte. Aqui em São Thomé sepultamos em covas rasas identificadas com uma pequena cruz de madeira. Deve haver sepulturas elaboradas em Baependy e Aiuruoca.

- Não temos tempo para estas investigações. Mas, talvez possamos tirar uma cruz do alto desta igreja!

- Esta Igreja tem duas torres porém sem cruzes em seu alto. Há uma grande cruz entre elas, acima das janelas na direção da porta de entrada principal.

- Vamos retirá-la então, disse empolgado Ribas já levantando-se.

- É uma cruz em argamassa, não é metálica. Não conseguiremos removê-la sem destrui-la, completou o Padre.

- Sr. Padre, disse Nelson com voz humilde, acho que a Igreja de Nossa Senhora de Mont Serrat tem grandes cruzes metálicas.

- Sim! É Claro! A Igreja da Virgem de Mont Serrat! Exatamente, Nelson, obrigado. É isto!, são das cruzes que precisamos. São metálicas e nas dimensões certas, disse Padre Edson.

- Então vamos até lá. Onde fica esta Igreja?, perguntou Ribas.

- É a Igreja Matriz de Baependy, afirmou o Padre Edson.

Sem delongas partiram para Baependy. Ao lado de Aiuruoca, Baependy é um importante centro urbano da região. Por ela passa a importante Estrada Real que é a via oficial para o transporte das riquezas das minas para o mar. Obviamente, havia picadas clandestinas destinadas a ocultar parte das riquezas não declaradas ao fisco real. Mas a Estrada Real era a que trazia os valores com maior segurança e rapidez. Baependy contava com mais de 100 anos de vida. Foi em 1692 que três exploradores de São Paulo de Piratininga, Antônio Delgado da Veiga, João da Veiga e Miguel Garcia Velho chegaram até aquelas terras vindos de Taubaté. Entretanto, as primeiras construções foram feitas pelo português da Madeira, Thomé Rodrigues de Ó.

Chegaram à vila de Baependy. A vila era dominada por uma grande obra: a majestosa Igreja dedicada à Virgem de Mont Serrat. A igreja estava ainda em construção. Suas torres não haviam sido erguidas todavia já era possível sentir a grandiosidade do templo. O cemitério paroquial estava erguido à frente da igreja e não nos fundos como comumente habituamo-nos a ver.

Junto às muradas do cemitério, uma cruz se destacava. Tinha as dimensões necessárias ao propósito porém também fora erguida em argamassa. Em seu cume, fixava-se um galo, relembrando as três vezes em que o apóstolo Pedro negou a Cristo. Num simples olhar, saltava aos olhos uma belíssima cruz de metal que dominava a ponta mais alta da majestosa igreja. Ferro fundido. Era só subir e pegar.

- Vamos pegar a cruz, clamou Ribas.

- Não podemos simplesmente escalar a Igreja e pegar a cruz!, advertiu o Padre. Temos que comunicar ao pároco.

- Então que o façamos logo, bradou Ribas.

Seguiram os três para a sacristia em busca do vigário Domingos Rodrigues Afonso. Adentraram o templo pela porta principal. Lá encontraram uma belíssima nave cujos ornamentos ainda estavam em execução por dois artistas, mestre Macedo, de Suassi, mestre entalhador responsável pelo altar e mestre Natividade, de São João Del Rey, mestre pintor e encarnador. Passaram pelas obras sempre admirando a beleza, o capricho e a técnica esmerada dos artistas. Padre Edson observava cada detalhes do altar e cada detalhe das imagens que eram entalhadas e pintadas ali mesmo pelo mestre Macedo.

- Belíssima obra, comentou Padre Edson.

- Sem dúvida este templo será dos mais belos da região. Só menor que a nova catedral de Campanha da Princesa, comentou Ribas.

- Mestre Macedo está preparando o altar que receberá a Padroeira, Nossa Senhora de Mont Serrat. Nossa Senhora de Mont Serrat é muito venerada na Catalunha, Espanha. Mais precisamente na cidade de Monistrol de Mont Serrat. Daí o nome. Também a chamam carinhosamente de "La Moreneta", por ser de cor morena. Diz a tradição que a imagem foi construida por São Lucas e levada para a Espanha por São Paulo. Durante a invasão moura da Península Ibérica, foi escondida em uma caverna e reencontrada 800 anos depois por um grupo de crianças. Ao tentarem a remoção da imagem para Manresa, a imagem que pesa algumas dezenas de quilos, tornou-se pesadíssima impossibilitando seu translado. Construíram então o mosteiro naquele lugar.

A primeira capela construída em homenagem à santa no Brasil foi em Santos. Conta-se que em 1614 a população da cidade estava refugiada no alto do morro, onde havia sido construída a capela, devido a invasão de soldados holandeses. Colocaram-se em oração e os soldados holandeses foram detidos por um grande desmoronamento que soterrou muitos e forçou a retirada dos outros. Nunca mais voltaram! Este fato foi atribuído a um milagre da santa.

A imagem de Baependy foi trazida da Espanha pelos ancestrais do pioneiro da cidade Tomé Rodrigues de Ó. Da Catalunha mudaram-se primeiramente para o arquipélago da Madeira. De lá, vieram para a colônia. Sua filha, Maria Nogueira do Prado, doou o terreno e a imagem para que fosse erguida a igreja dedicada a ela.

- Vamos ver a padre! Disse Ribas, interrompendo o padre e ansioso em ver resolvido o problema.

Passando pela nave, padre Edson perguntou aos presentes sobre o paradeiro do vigário Padre Domingos. Informaram que não estavam cientes de seus compromissos naquele dia mas havia celebrado a missa da manhã. Na impossibilidade de contatar o pároco, resolveram retirar a cruz sem o conhecimento de ninguém, nem do padre nem dos operários da obra. Isto para não atrair sua atenção e criar algum tipo de alarde. Ribas e Nelson subiriam pelo telhado com facilidade. Havia escadas e andaimes armados numa das laterais do prédio. Removeriam a cruz que era parafusada na parede junto ao parapeito do telhado. Eis o plano!

O tempo passava. O sol já se escondia nas montanhas. Não poderiam perder mais tempo. Subiram. A luminosidade já era mínima quando Ribas e Nelson chegaram ao topo. A cidade estava muito tranquila, quase deserta. Ninguém passava pela área do cemitério a esta hora. Chegaram até a cruz e com muito cuidado desparafusaram sua base. Com uma corda, amarraram-na e iniciaram a descida do grande objeto até o solo. Eram cerca de 10 metros até o chão. Foram descendo devagar com muito cuidado.

Padre Edson estava em frente a porta principal do templo orientando a descida quando subitamente foi surpreendido por um estrondo seguido da queda súbita do artefato religioso. A cruz de metal veio ao solo com muita velocidade e desfez-se no chão. Ao lado do barulho causado pela cruz, seguia-se um grito humano.

- Estão atirando em nós! Ribas foi atingido, gritava Nelson.

Padre Edson, em desespero, gritava sem parar:

- Não atire! Não Atire!

Nisto surgem da escuridão dois homens armados e o um homem vestindo batina: era o Padre Luciano.

- O que estão fazendo furtando objetos sagrados? Isto é uma heresia, gritava Padre Luciano.

- Não atire padre Luciano. Sou eu Padre Edson da Igreja de São Thomé.

- Padre Edson? O que faz aqui em minha igreja, roubando a minha cruz?

Após minutos de explicações, Padre Edson lembrou-se de Ribas:

- Há um homem ferido lá em cima!

Subiram até o telhado e encontraram Nelson tamponando um ferimento no ombro direito de Ribas. Desceram o ferido com cuidado e o levaram até a casa de um senhor de nome Antenor, que apesar de não ser médico, era o responsável pelos curativos e cuidados aos doentes da cidade. Antenor era um senhor de meia idade, de rosto alongado e de pescoço taurino, possuía humor sarcástico mas era muito competente e dedicado a cuidar dos outros. Lá, fez os curativos e retirou alguns chumbos que o atingiram. Já não havia sangramentos. Os ferimentos foram limpos com água corrente e aplicados nos ferimentos o pó da Índia. O membro superior direito foi imobilizado com uma antipóia. Vários chás lhe foram servidos. Apesar das dores e do sangramento Ribas estava bem. Quem não estava bem era a cruz. A queda a fizera quebrar-se em duas partes.

Ainda aterrorizado pelo susto e com dores que limitavam o movimento do ombro esquerdo, Ribas ficou na casa paroquial enquanto a comitiva seguia atrás do Sr. Expedito da Ribeira, um ferreiro. Precisavam consertar aquelas cruz o mais rapidamente possível. Chegaram em sua casa e esta estava fechada e as escuras. Já estavam dormindo. Padre Luciano bateu em sua porta e gritava por seu nome:

- Sr. Expedito, aqui é Padre Luciano, preciso de sua ajuda.

Em alguns instantes surge a figura segurando uma lamparina a óleo. Era um homem baixo, forte, de pele morena e cabelos lisos. Certamente um mameluco.

- Precisamos de sua ajuda, exclamou o padre. O que foi prontamente atendido pelo ferreiro. Levaram a cruz até sua oficina e lá improvisaram uma contenção com duas placas de ferro envolvidas com braçadeiras. Um serviço rápido. De posse da cruz, partiram na manhã seguinte, com Ribas, rumo a São Thomé. A igreja de Baependy ficou sem sua cruz temporariamente. Logo seria providenciada uma substituta pelo padre Luciano.

A pesada cruz foi levada até Baependy. Haveriam de completar a missão aspergindo água benta na cerimônia eucarística da Ressureição do Senhor. Já na sacristia, padre Edson pede ao sacristão que traga a água benta na Páscoa. Nelson, o sacristão, não primava pela organização. Era um bom auxiliar porém analfabeto como a maioria da população, valia-se de sua memória visual para distinguir produtos, datas e qualidades. "Como saberei qual é a água benta da Páscoa? Água benta é água benta seja na Páscoa, no Natal, em Corpus Christi ou em qualquer outra ocasião", pensava Nelson.

Sem delongas, seguiu até um maciço móvel de jacarandá que abrigava os utensílios da igreja que ficava abaixo de um belo crucifixo afixado na parede da sacristia. Abriu uma gaveta e lá estavam alguns recipientes de vidro rotulados com alguns dizeres que imaginou ser: "'Água Benta". Levou-a até o padre quem, já paramentado, aspergiu-a sobre a cruz invocando as preces e dizeres adequados a ocasião.

Agora, deveriam levá-la até a caverna onde estava Dom Cipriano.

Capítulo XIV - O Reencontro

Exausto, faminto e apresentando alguma irritação respiratória devido a umidade do ventre da Terra, Dom Cipriano saiu da caverna acompanhado do jesuíta. Tão logo deixaram as trevas, a luminosidade ofuscou-os a vista. A estreita passagem da gruta delimitava a escuridão da luz, o frio do calor, o medo da esperança e o bem do mal. Precisaria de alguns minutos para que a retina novamente acostuma-se com a poderosa energia do sol que Deus não deixava faltar.

Apesar do cansaço, mantiveram uma posição defensiva fora das úmidas e frias paredes da caverna. Já tinham ouvido e visto o que achava suficiente. Precisavam sair para aquecer-se, descansar e alimentar-se melhor. Estavam passando a biscoitos duros que Dom Cipriano trouxera de São Thomé o que lhe fez lembrar as longas travessias marítimas. Quando veio para a colônia, seu navio desgarrou-se da flotilha e ficou a mercê de uma calmaria. Os ventos não sopravam e o barco havia desviado das correntes marítimas devido a uma tempestade que ocorrera dias atrás. Com o atraso, as reservas de mantimentos foram diminuindo. Por sorte, conseguiram reabastecimento de água e comida em uma parada no meio do oceano: a Ilha de Trindade. Esta ilha ainda dista mais de 1100 km da costa brasileira. É uma ilha rochosa com alguns altos montes. Foi descoberta em 1501, pelo português João da Nova. Durante os anos próximos a 1700, numa rápida tentativa de dominação inglesa, o astrônomo inglês Harley introduziu na ilha cabras e porcos. Os porcos não resistiram ao clima e ao relevo, porém as cabras se adaptaram. As cabras são dos menores animais ruminantes que existem, foram domesticados a mais de 7.000 anos no Oriente Médio. Eles têm especial facilidade de adaptação e grande existência a condições extremas o que os tornou os animais prediletos dos pastores nômades dos desertos. Vorazes devoradores, consumiram a cobertura vegetal da ilha deixando-a quase que desertificada. Cresceram e multiplicaram. Esta população foi então utilizada para recompor as reservas de alimentos do navio em que Dom Cipriano viajava. Assim, seguiram viagem com o estoque recomposto além de água doce, pelas cabras e pelos biscoitos duros que haviam sobrado.

Em um dos poucos períodos em que pôde dormir, Dom Cipriano teve um sonho. Assim era o sonho: " quando souberam que D. Cipriano estava em uma gruta sem alimentar-se e com frio, os parentes saíram para agarrá-lo, porque diziam que estava fora de si. Os mestres da lei que tinham vindo de Jerusalém diziam que ele estava possuído por Belzebu, e que pelo príncipe dos demônios ele expulsava os demônios. Então Cipriano encontrou com Jesus que lhe falou em parábolas: " Como é que Satanás pode expulsar a Satanás? Se um reino se divide contra si mesmo, ele não poderá manter-se. Se uma família se divide contra si mesma, ela não poderá manter-se. Assim, se Satanás, se levanta contra si mesmo e se divide, não poderá sobreviver, mas será destruído".

Este sonho ficou-lhe na mente. Só poderia ser uma mensagem divina! Aquele texto era algo familiar. Era o evangelho de Matheus 3, 20-27. Deus mandava-lhe uma mensagem! Precisava interpretar corretamente para que certamente tivesse sucesso. Em se tratando de forças sobrenaturais, principalmente do príncipe das trevas o cuidado deve ser redobrado. Enquanto aguardava a chegada de seus parceiros, concentrou-se em oração pedindo a ação do Espírito Santo para que tivesse a melhor interpretação das mensagens e criasse a melhor solução para vencer o mal.

Já descansados, o bispo e o jesuíta puderam calmamente conversar. Padre Mascarenhas relatou ao bispo que estava em uma missão ordenada pelo papa. Havia indícios de que perigosos movimentos demoníacos ocorriam na região. Pombal ao expulsar os jesuítas da América Portuguesa, permitiu a pedido do papa que uma missão de estudiosos permanecesse para elucidar os mistérios envolvendo estas suspeitas. Foram nomeados três jesuítas para que permanecessem nas terras coloniais, padre Mascarenhas e mais dois outros padres. Um dos dois padres que compunham a missão foi vítima de uma febre e acabou por sucumbir a doença. O outro padre, padre Luciano, foi dominado e possuído pelo demônio Belial, o antigo anjo da virtude, o que ocupava o lugar do Arcanjo Miguel, que após a queda de Lúcifer foi transformado no demônio da arrogância e da loucura. É o mais importante demônio das forças da escuridão e age contra homens de bom coração.É um rei do inferno e comandante de 80 legiões de demônios.

Padre Jaime foi pego quando pesquisava sobre os planos satânicos para criar uma situação de revolta e morte entre a população negra e os senhores brancos da região. Ao criarem o caos, colocando os dominados africanos em guerra contra os portugueses, poderiam desestruturar a Igreja e seus padres tornando mais fácil a dominação dos homens da colônia e a liberação dos demônios encarcerados no Papagaio. Junto com a Igreja cairiam também os "Guardiões do Papagaio". Padre Jaime relatou o que descobriu e ao voltar para mais descobertas o viu sendo envolvido pelas forças do mal.

- Temos então que fechar o Portal do Inferno, em São Thomé. Já solicitei uma cruz metálica benta com água benzida na ressureição do Senhor. Vamos impedir que os demônios saiam do inferno!, disse Dom Cipriano.   –

- Infelizmente, Dom Cipriano, isto não será mais possível!

- Como não?!

- Dois dias antes do sua chegada ao Portal, Belial, Asmodeus, Atarote e Balam passaram por aqui e enviaram suas legiões de demônios. Asmodeus, Atarote e Balam ainda voltaram e o senhor, Dom Cipriano, ainda os viu sair definitivamente. A missão maligna já foi desencadeada.

- Para onde foram?

- Para uma fazenda de nome Campo Alegre.

Apesar daquela notícia assustadora, decidiram esperar pela chegada do restante do grupo para que tomassem novo rumo. Haveria necessidade de uma estratégia nova, novos cuidados frente a nova dimensão dos acontecimentos. Padre Ramón e Manuel Mendonça foram os primeiros a chegar apesar de terem vindo de Vila Rica, muito maior distância. Pararam em uma região elevada onde poderiam verificar a chegada dos companheiros.

- Ramón, meu amigo, estávamos a sua espera! Que bom vê-lo aqui bem-disposto e saudável. Teremos muito trabalho pela frente. Acho que estamos prestes a enfrentar uma das maiores batalhas da história do cristianismo.

- Vossa reverendíssima, Dom Cipriano, a sua benção.

- Deus nos abençoe, padre Ramón.

- Estou pronto para exercer a minha sagrada missão, Dom Cipriano. Jesus chama e dá a graça para realizar.

- Isto que nos espera é muito maior do que qualquer coisa que já enfrentamos ou que você já enfrentou. Encontramos um Portal do Inferno saindo aqui em São Thomé.

Precisamos nos estruturar e montarmos uma eficiente estratégia pois deste portal já saíram legiões de demônios. Não estamos diante de uma possessão mais sim de um exército de demônios que possuirão corpos humanos para desestruturar este país cristão, disse Dom Cipriano.

- Certamente, Dom Cipriano, será um desafio. Nada porém abalará a nossa fé. Estamos lutando ao lado de Cristo e de Deus Pai. Estes nos enviarão o Espírito Santo e com a Santíssima Trindade saberemos a melhor maneira de vencermos. Cremos num Deus providente, que sempre vem ao encontro do ser humano. Acho que precisaremos, em primeiro lugar, saber quem são os possuídos.

Padre Mascarenhas apresentou-se a Ramón, que não o conhecia, e completou as informações:

- Algumas pessoas já foram possuídas e estão indo no sentido da Fazenda Campo Alegre, em Cruzília, uma vila perto de Baependy. Dentre os possuídos há um jesuíta, o padre Luciano, meu companheiro na Companhia de Jesus. Belial, Asmodeus, Astarote e Balam comandam legiões de demônios prontos para possuir novas pessoas e assim causarem uma grande revolta de humanos contra outros humanos, contra o governo português e contra a Santa Igreja criando uma grande anarquia, desestruturando a sociedade e provocando o caos. Neste ambiente apocalíptico poderão libertar os "Encarcerados do Papagaio". Acho que não há como identificá-los agora.

- Diz a cartilha do exorcismo que há quatro sinais de possessão: domínio de línguas desconhecidas; conhecimento de assuntos improváveis; força incompatível com a condição física e idade; e aversão ao sagrado. Necessariamente deverão ser nós, os sacerdotes, a enfrentá-los pois Jesus deu autoridade apenas apóstolos para dominarem os espíritos imundos (Marcos 16:17).

- Na presença de uma legião de possuídos, não possuiremos condições de analisá-los individualmente. Teremos dificuldades. Como iremos identificá-los e enfrentá-los?

- Belial, Asmodeus, Astarote e Balam. São os mais importantes príncipes do Inferno! Realmente, as tropas enviadas por Satanás não são de se desconsiderar. Belial é o demônio da arrogância e da loucura. Comanda as forças infernais contra as forças de Deus. Possui a seu serviço oitenta legiões de demônios. Foi o responsável pela tentação generalizada que recaiu sobre Sodoma e Gomorra. "Ele te tentará dizendo: Vamos, e sirvamos a outros deuses!" Deuteronômio 13:13. Asmodeus é outro anjo caído. É o homem mais impuro que já existiu. É um dos sete anjos do Inferno. Astarote é o príncipe dos acusadores e dos inquisidores. É um demônio da primeira hierarquia que seduz através da beleza e da vaidade. Balam é o grande e poderoso Vice-Rei do Inferno. Comanda mais de quarenta legiões de demônios talvez seja o nosso maior inimigo. O nosso alicerce tem que estar em Deus e não nas coisas de Deus, disse Ramón.

- Há não possuídos no grupo?, perguntou Dom Cipriano.

- Eu tenho a certeza que sim. Pessoas de pouca fé, de cultura e estrutura familiar precária, que querem chamar para si a atenção que não despertam por suas qualidades. Estas pessoas têm dificuldades para se encontrar são susceptíveis a manipulação por parte de mentes malignas e perversas. Abraçarão a causa sem saber qual ela é. Declararão seu apoio e marcharam contra todos e contra tudo motivadas apenas pelo fato da revolta. São mentes humanas perigosas pois são manipuladas facilmente pelas forças do mal. Nem precisam da possessão demoníaca pois seguem estas massas revoltosas sem nenhum tipo de controle maligno. São malignos pela ignorância, pela ingenuidade patológica e pela falta absoluta de fé.

- São pessoas simples e escravos?, perguntou Padre Mascarenhas.

- Não padre. Seria razoável que estas práticas fossem exclusivas de pessoas que estão à margem da sociedade mas não é algo exclusivo deles. Durante a Revolução Francesa observamos muitos homens bem formados, de alguma posse, com acesso a recursos e a serviços, que se diziam intelectuais seguirem os atos absurdos praticados contra a população em geral. A fase mais clara disto é durante o "Reino do Terror", quando Robespierre assume o controle da revolução e dissemina o Grande Terror. Não tinham juízes mas sim guilhotinas. Algumas autoridades inclusive eclesiásticas apoiaram e se tornaram militantes. Robespierre, possuído pelo mal, controlava as massas formada por destes ingênuos cidadãos. Após muitas atrocidades, heroicos padres conseguiram avançar no exorcismo de endemoniados e estes foram perdendo o domínio sobre os pobres de espírito e a revolução foi esvaziando-se. E assim Danton conseguiu novamente controlar os ânimos. As massas haviam sido manipuladas e postas a serviço do mal sem terem a real consciência do que faziam. Mataram, destruíram, incendiaram e torturaram sem saber exatamente a razão. Massas de manobra para o mal.

Terminada a conversa, todos estavam exaustos e puseram-se a repousar enquanto aguardavam a chegada do outro grupo. Este, não tardou a apontar no horizonte. Nelson Almeida, Padre Edson e Braz Ribas surgiam ao longe trazendo uma mula com uma carga: a cruz. Junto deles viria um novo personagem: o pároco de Baependy.

Padre Luciano era um homem de estatura mediana porém muito magro. Moreno de pele clara, possui o rosto alongado e o queixo prognata. Criado no campo, numa comunidade agrícola denominada Planalto das Cruzes, tinha o salutar hábito de correr pela região vencendo as grandes distancias entre vizinhos, geralmente familiares. Estava como pároco de Baependy há alguns anos e teve a difícil missão de completar a construção daquela maravilhosa obra que é a Igreja de Nossa Senhora de Montserrat. De gênio tranquilo, transmitia segurança e harmonia à comunidade ao lado de espírito inovador e sempre a procura de soluções para os problemas que assolam a paróquia e a cidade. Ao tomar conhecimento dos fatos através do Padre Edson, decidiu juntar-se ao grupo e ajudar a solucionar tão importante missão.

Chegaram até onde estavam os demais. Dom Cipriano recebeu a todos com uma benção. Os novos membros, Padres Mascarenhas e Padre Edson, foram apresentados. Estavam agora com a equipe completa

Após algumas horas de descanso, retornaram para a gruta que dava acesso ao Portal do Inferno. Levaram a pesada cruz de ferro benta e até a entrada do portal. Ribas apesar de ferido, acompanhou os demais. Dom Cipriano seguido de Padre Mascarenhas lideraram a expedição. A cruz ficou com Nelson e Padre Luciano, este último demonstrando enorme ciúmes ao artefato retirado de sua igreja.

- Como vou repor esta cruz em minha igreja, perguntou à Padre Edson?

- Não se preocupe, padre Luciano, ao voltarmos poderemos pensar em fazer uma nova cruz em argamassa e colocamos no local. Aliás, acho até melhor não ser de ferro para que padres de paróquias vizinhas não venham a roubá-la, disse padre Edson.

Foram avançando pela fria e escura caverna até chegarem ao portal. Dom Cipriano ordenou que a cruz fosse colocada exatamente no portal ocupando todo o espaço obstruindo por completo a estreita passagem. Como os demônios e os possuídos tem aversão a objetos sacros aquela passagem para o Inferno ficaria interditada impossibilitando os seres do mal de saírem em São Thomé.

- Isto não resolve nossos problemas, disse Padre Mascarenhas. Estamos obstruindo o Portal porém temos a certeza de que muitos demônios já saíram nos últimos três dias. Dentre os que saíram estavam generais e príncipes do Inferno como Belial, Asmodeus, Astarote e Balam.

Todos ouviram com muita atenção as explicações dos dois sacerdotes e não ocultaram o espanto e o receio que dominava o ambiente. Ribas apoiava seu braço numa antipóia e com o braço são posicionava a cruz na melhor posição. Quando estava bem fixada e numa posição favorável, deixaram a caverna e seguiram para um lugar seguro.

Capítulo XV - Campo Alegre

Em Cruzília, uma pequena vila próxima a Baependy existe uma próspera fazenda denominada Campo Alegre. Estas terras foram concedidas pela Coroa ao português João Francisco Junqueira e de Dona Helena Maria do Espírito Santo e ficaram sob a gerência de seu filho Gabriel Francisco Junqueira, nascido em 1782. Devido as suas grandes dimensões, a Fazenda Campo Alegre possui uma grande quantia de escravos (cerca de 111 pessoas) e está entre as mais bem estruturadas fazendas da época. Ocupam-se com as criações de gado e porcos além das culturas brancas (arroz, feijão, milho). Entretanto, seria na criação de cavalos que viria a se destacar. Sua produção é escoada e vendida na Corte e sua importância e relevância socioeconômica é tamanha que seu proprietário se tornou deputado geral da província de Minas por diversas legislaturas. Os escravos, originados de vários pontos do continente africano, já estão, na grande maioria, na segunda ou terceira geração nascida no solo brasileiro. Formam uma comunidade que tiveram seus laços culturais rompidos com a separação e tentam reunir novamente pontos culturais e raciais comuns para a formação de uma nova cultura afro-brasileira. Algo trabalhoso porque os escravos reunidos em uma determinada propriedade eram propositalmente provenientes de tribos e nações distintas a fim de diminuírem suas afinidades e assim, facilitarem o controle pelos senhores.

A Fazenda Campo Alegre fica sob a gerência do neto de Gabriel Francisco Junqueira, o patriarca dos Junqueiras. Seu nome era Gabriel Francisco de Andrade Junqueira, um homem jovem, dinâmico, trabalhador e dedicado a tanto produção agrícola quanto a pecuária. Movia um intenso interesse pela criação de equinos crioulos descendentes das diversas raças trazidas de Portugal. Por aqueles anos, D. João VI presenteou seu pai, Gabriel Francisco Junqueira, com um garanhão da raça portuguesa Alter-Real. Sem delongas, o jovem fazendeiro iniciou o cruzamento do presente do regente com éguas mestiças marchadoras o que culminou na criação da raça Sublime ou Junqueira que teria muito sucesso devido a maciez de sua marcha. A nova raça teve grande aceitação e disseminou-se pela fazendas de Minas, Rio de Janeiro e de São Paulo.

Por ser uma fazenda rica, com grande número de escravos e cujo proprietário é um homem de importância política na corte, os demônios optaram por fazer sua missão naquela propriedade. Aquela fazenda serviria muito a seus propósitos de anarquia, violência generalizada, desestruturação da política e do governo e o fim do poder e prestígio da Igreja. O caos!

Ribas, Dom Cipriano e demais seguiram para leste por quilômetros entre montes, serras e planaltos para chegarem a Fazenda Campo Alegre. Não tinham ideia do que os esperava mas estavam certos de que as obras satânicas e as legiões de demônios não seriam de se desconsiderar. Sabiam que teriam um desafio e que este desafio seria vencido com muita luta e fé.

Ao se aproximarem da Fazenda Campo Alegre, encontraram-se com um homem de meia idade, calvo, de traços fortes, queixo proeminente um espesso bigode e barba que vinha apressado puxando sua mula. Seu nome era José

Abrahão. Verdadeiramente seu nome era Youssef Ibrahim, um mascate de origem árabe que viera ganhar a vida por este sertão. Originado da Síria, Youssef falava o Português com grande sotaque porém seu esforço e sua vivacidade o fizeram adquirir precocemente grande vocabulário na língua portuguesa. Trazia consigo duas grandes malas em sua mula e outra mala que ele própria carregava com seus produtos. Costumava passar por aquela propriedade em intervalos cíclicos de três ou quatro meses, onde oferecia suas coisas que variavam desde talheres, copos, pratos esmaltados, ferramentas, espelhos, botões, linhas, agulhas, brinquedos, ratoeiras até munições para as armas. Aceitava também encomendas. Era sempre bem-vindo pelos fazendeiros e estes lhe davam hospedagem durante a sua estadia. Ali ficava por um ou dois dias oferecendo seus produtos naquela fazenda e nas propriedades vizinhas. Não tinha nenhuma família no Brasil. Sua vida era solitária e tudo o que ganhava guardava para montar uma lojinha numa das cidades e assim estabelecer seu comércio fixo e criar uma família. Sua obsessão pela poupança dá-lhe o rótulo de seguro. Youssef, um cristão maronita, vinha apressado pela trilha forçando o passo de seu animal. Ao avistar o bispo, assustou-se e correu a seu encontro aos gritos:

- Vocês precisam sair daqui! Vamos sair rápido! Os demônios, os demônios! Chuff!

Ribas desceu de sua montaria e foi ao encontro do homem.

- O que houve meu senhor?

- Calma!, pediu o bispo.

- Precisamos sair daqui. A fazenda Campo Alegre foi atacada por homens comandados por demônios, afirmou o sírio.

- Calma! Repetiu novamente o bispo. Conte-nos o que ocorreu.

- Pela manhã, eu estava mostrando meus produtos numa casa da fazenda, quando o jovem Gabriel Francisco, o filho do Barão, foi morto por três de seus escravos. Os dois que o mataram eram meus conhecidos, homens mansos e dedicados a fazenda e ao senhor. Ventura Mina, Julião e Domingos não estavam normais. Estavam agitados, raivosos e falando coisas que não era português nem árabe.

- Por que o senhor diz ter sido comandado por demônios?, perguntou Ribas.

- Quando eles o atacaram, não teve chance de defesa, foi surpreendido ainda montado em seu cavalo. Puxaram-no para o chão e foram batendo em sua cabeça com um porrete. Morreu rapidamente sem ter chance de esboçar nenhuma reação. Neste instante, eu pude ver um estranho escondido atrás de alguns arbustos. Vi um touro, vi um homem e vi um carneiro. Estavam estranhamente juntos. Achei muito estranho o homem e o carneiro estarem junto a um touro! Prestei muito atenção e vi que eles eram um só ser: um demônio.

- Sim, disse Padre Mascarenhas, é Balam. Ele tem três cabeças, uma de touro, outra de carneiro e de um homem. Possui cauda de uma serpente e carrega um falcão em seu punho. Pode também se apresentar como um homem nu.

- Aqueles três endiabrados reuniram os outros escravos que estavam próximo e partiram para a sede da fazenda. Vi muitos conhecidos como o Antônio Resende, João, Cabundá, André, o Crioulo, o José, Mina, dentre outros. Todos meus fregueses e homens bons. Mas estavam irreconhecíveis. Corri para o outro lado e encontrei-me com o escravo Francisco que estava aparentando muito normal. Expus meu crucifixo e pedi a ele que o pegasse. Ele o pegou calmamente e ainda o beijou. Percebi que não estava possuído. Contei a ele o que vê e pedi que fosse até à sede da Fazenda e avisa-se que havia um exército de demônios indo para lá e que já haviam matado o jovem Senhor Gabriel Francisco. Ele montou em seu cavalo e foi. E aí que segui minha viagem.

- Vamos então partir para a sede da fazenda. Temos que impedir que haja um massacre, disse Ribas.

Apressaram-se e partiram para a sede da Campo Alegre. Rogavam a Deus para que Francisco tivesse tido tempo de chegar até lá e esvaziar a fazenda. Youssef não acompanhou o grupo. Padre Ramón sugeriu que ele seguisse sua rota pois com tantos objetos e a mula perderia agilidade e poderia causar algum transtorno. Ao chegarem à sede, tudo parecia quieto. Nenhuma sinal de luta, de agitação ou de destruição. Foram entrando para as proximidades da casa com muito cuidado, quando foram surpreendidos por um alerta.

- Alto! Parem onde estão! Quem são vocês? O que querem? Não se aproximem senão seremos forçados a atirar.

- Meu nome é Dom Cipriano, sou o bispo de Mariana. Estão comigo homens de bem, os padres Edson de São Thomé, o padre Luciano de Baependy, Ramón de Mariana e o jesuíta Mascarenhas, os Srs. Ribas, Nelson Almeida e Manoel Mendonça.

- Muito bem, senhor Bispo. Venham devagar.

- Viemos avisar sobre os demônios que tomaram os corpos dos escravos na roça. Mataram o jovem Francisco

Gabriel e vieram nesta direção. Ficamos apreensivos quanto a segurança da Fazenda., disse Dom Cipriano.

- Realmente senhor bispo eles vieram. Meu nome é Antônio Daniel. Estou aqui com todos os capatazes da fazenda guardando o local. O escravo Francisco nos avisou a tempo. Guarnecemos a fazenda com homens bem armados. O escravo Francisco veio rápido e tivemos tempo para nos entrincheirarmos. Soubemos da morte do senhor Francisco Gabriel e ficamos aqui protegendo a sede. Ao chegarem foram surpreendidos por uma descarga de fogo e puseram-se em fuga. Arrepiaram a carreira.

- Houve alguma vítima?

- Não, nenhuma.

- Para onde foram?

- Tomaram a direção da Bella Cruz que fica uma légua daqui?

- Avisaram a Bella Cruz?

- Não, não houve tempo. Tudo acabou de acontecer e estávamos todos aqui guarnecendo a sede.

- Temos que seguir para a Bella Cruz, disse Ribas.

Assim, seguiram caminho para a outra fazenda do importante político Junqueira. Foram tomando todas as precauções pois poderiam ser surpreendidos pelos demônios. Padre Ramón, no entanto, demonstrava clara preocupação.

- O que ocorreu na Campo Alegre não foi pura sorte. Estou preocupado, apreensivo com o que pode ocorrer.

- Como assim, preocupado? Foi uma vitória! Os demônios foram espantados pela grande resposta armada.

- Sim, este é o problema, os demônios não são intimidados por armas de fogo. Por que deixaram de invadir a Fazenda Campo Alegre? Não há uma razão plausível. Deve haver outros motivos para desistirem da Campo Alegre.

- Eles querem repercussão e desestabilização. Talvez na Campo Alegre não tivesse o que queriam, disse Padre Mascarenhas.

- Sim, disse Padre Ramón. Eles querem algo que tenha repercussão política. Talvez na Bella Cruz tenha uma maior concentração de pessoas ou mesmo pessoas mais conhecidas e importantes cuja morte cause maior comoção. O Junqueira da Campo Alegre eles já haviam matado.

Partiram apressados para a Bella Cruz. Ao aproximarem-se da sede já podiam ver e sentir o cheiro de fumaça. Cautelosamente, foram aproximando-se da fazenda. Havia movimentos por lá. Podiam ver o paiol estava em chamas. Pararam a uma distância segura para estabelecer uma estratégia.

- E agora, o que faremos?, perguntou Nelson Almeida já demonstrando sinais de desespero.

- Temos que conhecer com quem estamos lutando. Dois de nós vão observar quantos são e como estão agindo. Observem se conseguem ver os demônios líderes. Temos que nos preparar. Para este momento que trouxemos o Padre Ramón. Sabemos como exorcizar um homem endemoniado mas não sabemos como agir com uma legião de demônios, disse Dom Cipriano. Precisamos de toda a informação possível.

Padre Mascarenhas e Manoel seguiram para uma pequena elevação que dava boa visão da sede e lá permaneceram camuflados observando o que poderia ocorrer. Braz, com o braço imobilizado seguiu com Nelson para a uma posição de demonstrava bem os fundos da casa, o estábulo e paiol em chamas. Lá permaneceram durante cerca de meia hora e não observaram nenhum movimento humano. Nem demônios! Retornaram cuidadosamente para junto do grupo.

Braz fez seu relato:

- Ficamos com uma boa visão da sede pelos fundos. A casa está toda aberta porém não observamos nenhum movimento nas janelas, nas portas ou ao seu redor. Não há movimento ou fumaça na cozinha. Está tudo quieto. O paiol está em chamas e não ninguém tentando controlar o incêndio. Muito estranho.

Dom Cipriano então chamou para próximo de si o exorcista. Padre Ramón sabia da dimensão de sua responsabilidade. Era um especialista mas também nunca havia enfrentado um desafio como este. Na Europa, fizera muitos exorcismos, derrotara muitos demônios mas sempre um de cada vez...

Vamos confeccionar uma grande cruz de madeira, disse Ramón. Procurem madeiras retas e vamos cruzá-las em cruz amarrando-as com cipós. Precisamos da água benta.

- Eu trouxe comigo um frasco, disse Nelson Almeida.

- Preparemos então a cruz, a benzeremos com água benta e partiremos em procissão até a sede da fazenda.

Assim o fizeram. Seguiram em procissão em direção a casa grande da fazenda. Padre Ramón levava a grande cruz, ao seu lado direito o bispo Dom Cipriano, ao seu lado esquerdo o jesuíta Mascarenhas, logo atrás Ribas, Nelson Almeida e Manoel Mendonça seguidos atrás pelos padres de Baependy e de São Thomé.

Cautelosamente chegaram até a sede da Fazenda. A casa era uma grande construção colonial portuguesa cuja planta constituída por um retângulo com um setor social no início junto a um alpendre que abriga porta de entrada, no meio do retângulo um setor familiar com os quartos e no final o setor de serviços com um alpendre abrigando a porta dos empregados e escravos. No setor social há uma grande sala para a qual se abrem os quartos das visitas e a capela com o oratório. O setor social é ligado ao setor familiar por intermédio de uma sala de passagem. Nesta área há uma sala da família que se abre para os quartos e uma alcova (um pequeno quarto sem janelas). Todos os quartos intercomunicam-se entre si dispensando a passagem pela sala da família. Na sala íntima, abre-se uma porta que comunica com o setor de serviços onde está a despensa, os quartinhos de entulho e a cozinha.

Externamente, não havia movimentação. Os demônios poderiam não estar mais lá ou poderiam estar escondidos preparando uma cilada. Mantiveram a formação da procissão por todos os momentos. Subiram as escadas com a cruz à frente, chegaram ao alpendre, abriram a porta principal com cuidado. Ao entrarem na casa, na sala principal, encontraram cenas terríveis, difíceis de serem descritas e insuportáveis de serem vistas. O oratório estava depredado, destruído. Padre Ramón pôs-se a rezar ritos de exorcismos para afugentar eventuais demônios. Plantaram a cruz no meio da grande sala. Cuidadosamente, foram verificando cômodo-a-cômodo o que ocorreu tomando o cuidado de manter o grupo sempre unido e em formação. A cada instante registravam uma cena chocante. Contabilizaram mais de vinte pessoas mortas inclusive os Junqueiras. José Francisco Junqueira e sua esposa, Antônia Maria de Jesus, estavam sem vida, mutilados em seu quarto.

José Francisco fora atingido na face por um tiro de pistola e atacado com um machado. Sua mulher, filha e neta foram também mortos com o mesmo machado. Seu genro, Manoel José da Costa, foi morto a pauladas na entrada dos fundos, ao que parece ao chegar na propriedade . Ana Cândida da Costa, a viúva de Francisco José Junqueira, a menina Antônia, o menino José e um menino de peito foram também mortos a golpes de foice e pauladas desferidas pelos demônios legionários utilizando-se dos corpos dos negros. A viúva fora decapitada. Euzébio, um funcionário branco, foi lançado no cubo do moinho e despedaçado. Dona Emiliana Francisca Junqueira foi encontrada como crânio partido por um machado. Cenas horripilantes e de extrema crueldade podiam ser vistas e sentidas pelo cheiro inconfundível do sangue de corria pelo assoalho.

Dom Cipriano iniciou uma oração:

- Senhores, vamos orar pelas vítimas do mal. Santo Agostinho disse: "Uma flor em sua tumba murcha, uma lágrima se evapora, só a oração chega ao trono de Deus". Rezemos então pelas vítimas que perderam suas vidas pelas mãos dos anjos caídos que buscam o poder e a glória pelo pecado e pela dor. Pai santo, Deus eterno e Todo-Poderoso, nós vos pedimos por estes homens, mulheres e crianças cujas vidas foram covardemente abortadas por intermédios de bons homens possuídos pelo mal. Aqui deixaremos seus corpos e suas histórias sem ter-lhes dado a dignidade de um funeral porque temos a frente uma batalha entre o bem e o mal. Peço Senhor que nos perdoe e abençoe-nos em nossa campanha. Dai-lhes Senhor, o repouso eterno e brilhe para eles a Vossa Luz! Amem!

Feita a oração continuaram atentos na busca por algo, qualquer coisa que demonstrasse algum fato que servisse de pista e assim orientasse-os quanto ao próximo passo. A casa estava vazia, tudo nela estava morto! Desfizeram a formação e cada dois homens seguiram em uma direção para uma melhor avaliação. Braz Ribas com Nelson Almeida. Andaram cuidadosamente pelo piso de tábuas tentando evitar o ranger da madeira. Tudo parecia calmo, nada vivo. Ao chegarem ao último aposento, notaram um ruido vindo de uma arca. Cuidadosamente, foram até ela. Era um baú com cerca de setenta centímetros de profundidade por um metro e meio de largura e setenta centímetros de altura, daqueles utilizados para guardar cobertores, travesseiros, colchas e outros tecidos de cama e banho. Abriram o móvel e logo abaixo de alguns cobertores encontraram uma pequena menina.

- Meu nome é Braz Ribas, sou seu amigo. Estamos todos aqui para ajudar-te. Qual é o seu nome?

Espantada e amedrontada a pequena menina foi encolhendo-se no fundo do baú.

- Veja menina, somos seus amigos. Este aqui é o Nelson Almeida, ele é um sacristão. Ele ajuda o padre a celebrar missas.

- Você espanta demônios? Perguntou a menina.

- Eu também gosto de ajudar os padres, disse Ribas. Estão comigo quatro padres e um bispo. Viemos aqui para vencer os demônios. Pode sair, estamos aqui para ficar com você.

A menina levantou-se e Nelson veio com as mãos para colocar-lhe sobre os olhos. Naquele cômodo havia corpos como em toda a casa. Pegaram-na no colo e com a cabeça sobre os ombros de Nelson saíram de lá.

- Fique com os olhinhos fechados. Vamos levar você até o bispo, Dom Cipriano, disse Ribas.

Assim o fizeram, ao reintegrarem ao grupo, apresentaram a pequena menina.

- Qual o seu nome, perguntou Dom Cipriano?

- Meu é Pisílvia.

-Pisílvia?, perguntou o bispo.

- Sim. Pisílvia.

- É um nome ou um apelido?

- É meu nome.

- Pisílvia, o que você estava fazendo naquele Baú? Quem te colocou lá?

- A mamãe disse que homens maus estavam entrando na casa e que eu deveria ficar quietinha dentro do baú. Aí, mamãe saiu do quarto e depois ouvi muito barulho, gritos e alguns homens entraram aqui no quarto. Logo saíram e não abriram o baú.

- Eles disseram alguma coisa?

- Disseram muita coisa que não entendi. Falavam com vozes estranhas e fortes como das estórias que mamãe contava. Depois de muito barulho e movimento houve um silêncio e ouvi alguém dizer que iam para a Bom Jardim.

- Bom Jardim?

- É a casa do titio.

Os demônios estavam indo para a próxima fazenda: a Bom Jardim. Tinham que seguir para lá. Estavam mesmo decididos a erradicar os poderosos Junqueiras daquela região. Deveriam seguir rápido para tentar evitar um novo massacre. Ao saírem com a menina da Bella Cruz, encontraram com o turco Youssef que resolveu voltar para ajudar.

- Sr. Youssef, que grata surpresa o ver aqui, disse Ribas.

- Não pude seguir viagem suspeitando que vocês poderiam precisar de mim. Sei o quão poderoso é o Senhor das Trevas. Aquele que ousou tentar Nosso Senhor Jesus Cristo por quarenta dias.

Ribas pede a ele que fique com Pisílvia, ache um bom lugar para que ela permaneça em segurança e assim que possível providencie o funeral dos Junqueiras e funcionários mortos.

- Voltaremos em breve, Pisílvia. Cuide do mascate, disse Ribas. Ele vai lhe dar alguns botõezinhos para você brincar.

Liderados pelo demônio Asmodeus, a esta altura já encarnado no escravo Ventura, o grupo havia seguido em direção da Fazenda Bom Jardim para ali darem continuidade a grande ação. Braz, Dom Cipriano e os demais seguiram para lá imediatamente ao tomarem conhecimento do próximo destino através de Pisílvia. Durante a caminhada, mantiveram a formação em procissão sempre com a cruz à frente. Não tardou para encontrarem um corpo sem vida pelo caminho. Era o empregado da fazenda Bella Cruz: Manoel das Vacas. Manoel foi apanhado pelos demônios e trucidado. Por sorte, ou a providência divina, junto de Manoel das Vacas estava o menino Márcio Goulart que correu para a Bom Jardim e avisou sobre o ocorrido.

Ao chegarem na fazenda Bom Jardim, Ribas, Dom Cipriano e o grupo encontraram muito movimento ao contrário do que ocorrera nas fazendas Campo Alegre e Bella Cruz. Ao entrarem nas divisas da fazenda alguns homens a cavalo vieram em seu encontro fortemente armados.

- Alto lá, quem são vocês, perguntou um dos cavaleiros espantado com aquela formação processional.

- Sou Dom Cipriano, bispo de Mariana e estes são meus companheiros. Viemos para a batalha contra os demônios que possuíram seus escravos. Precisamos conversar com seu patrão.

- Vamos levá-los até lá.

Seguiram por uma estrada estreita arborizada que seguia em linha reta até o casarão. No terreiro da Casa Grande, dezenas de corpos de negros. Lá encontraram o patrão, João Cândido da Costa Junqueira, em pé em seu alpendre portando uma arma nas mãos. Aparentava estar muito ansioso. Seus olhos estavam estalados, sua mão trêmula e falava repetidamente as mesmas frases. Estava em choque. Antônio Daniel Graciano, seu fiel escudeiro, homem para toda hora e pau para toda obra naquela fazenda descreveu para os recém-chegados o que ocorreu:

- A manhã transcorria normalmente quando um menino da Bella Cruz aqui chegou correndo e em desespero. Disse que um grande grupo de negros escravos haviam matado o Manoel das Vacas, conhecido capataz da fazenda mas que antes haviam estado na sede da fazenda que estava com o paiol em chamas. Disse ele que estavam vindo para cá. O Coronel João Cândido deu ordens para que todos os homens viessem para a Casa Grande com todas as suas armas e munições. Preparamo-nos para um ataque e não tardou muito para que estes homens estivessem aqui em nossos terreiros. Estavam armados com foices, machados e paus. Pareciam estranhos. Ouvimos vozes falando coisas incompreensíveis. Pareciam que estavam sendo guiados por um líder, o escravo Ventura, da Campo Alegre. Mostravam uma postura agressiva e então Coronel João Cândido ordenou que abrissem fogo contra eles. Atiramos em todos. Acertamos ao menos duas balas em cada homem. Eles caíram, mortos. Porém, dos corpos humanos saíram coisas horríveis: demônios. Sob o comando de um demônio superior, saíram reagrupando-se e seguiram em direção ao lago. Achamos naquele momento que havíamos vencido. Seguimos espiando cuidadosamente e verificamos que estão lá reunidos. Voltamos e estamos aqui preparando-nos para um eventual novo ataque.

Padre Mascarenhas ouviu tudo com atenção e completou o pensamento:

- Vocês não os derrotaram. Tudo está dentro de acordo com o plano deles. O principal objetivo é causar o caos! O caos está formado. Os senhores Junqueira mortos. Os negros escravos mortos. E a mútua desconfiança entre negros e senhores. Tudo como precisam para a desestabilização da colônia e o reinar do ódio e da vingança. Este é o primeiro passo para a destruição da fé e da Santa Igreja.

- O que fazem agora?, Perguntou Ribas?

- Estão reunidos no lago segundo disse Antônio Daniel Graciano. Deverão possuir outros corpos para a continuidade de sua ação para estabelecer a discórdia, o ódio e o sentimento de vingança. Em poucos dias toda a província e a seguir toda a corte encontrarão forte pressão por parte dos proprietários para que medidas enérgicas sejam tomadas. Certamente, isto causará a revolta dos escravos, alimentando ainda mais os sentimentos. Devem estar à espera de mais legiões de demônio que passariam pelo Portal. Sabemos que quando da queda de Lúcifer, dois mil e quatrocentos anjos caídos o acompanharam para o Inferno. Lá nas profundezas da Terra já existiam onze príncipes do mal que comandavam seis milhões, seiscentos e sessenta mil demônios que foram submetidos a Lúcifer, o Rei do Inferno. Eu e Dom Cipriano vimos que passaram pelo portal três dos príncipes do Inferno: Asmodeus, Atarote e Balam. Depois disto, fechamos o Portal com a cruz metálica benta. Isto nos dá a garantia que as grandes legiões de demônios e os outros príncipes do Inferno não virão até aqui. Deveremos vencer os três príncipes e suas tropas que estão no lago.

Reuniram com os homens da fazenda Bom Jardim e decidiram seguir até o lago e lá enfrentarem os malignos. Postaram-se novamente em procissão. À frente a cruz com os padres e Dom Cipriano e logo atrás os homens da fazenda com suas armas e algumas mulheres com imagens e crucifixos. O lago não era longe e a caminhada foi breve. Ao chegarem numa pequena colina que antecedia o lago, observaram ao longe a presença de uma figura amedrontadora: Asmodeus. Conversava com outros dois demônios que deduziram ser Atarote e Balam. As mulheres e alguns homens não suportaram a tensão causada pela horripilante visão proporcionada por aqueles príncipes do mal. Dom Cipriano não se abalou com as deserções. Mantinha firme sua coluna de padres e heróis.

Posicionaram-se numa posição favorável e passaram a observar os movimentos. Discutiam uma estratégia quando foram surpreendidos por uma voz aguda que emitia um som estranho em uma língua estrangeira.

- Que barulho é este?, perguntou Ribas?

- É aramaico, disse Padre Ramón. Ele diz: "Dom Cipriano, estava a sua espera!"

- Sim, disse Dom Cipriano. Sei que estão aqui! Não vamos permitir que destruam a obra do Senhor.

- E quem irá nos deter?, perguntou Asmodeus já em português. Vocês não poderão nos deter. Nossas legiões estão chegando e logo mais estaremos controlando esta colônia.

- Sinto desapontá-los mas nossas legiões estão passando pelo portal de São Thomé.

- Impossível, nós bloqueamos a saída com uma cruz embebida em água benta na Páscoa.

Mantiveram todos em formação. Fizeram um círculo em que em seus pontos cardiais estivessem guardados por uma cruz ou crucifixo. Enquanto tentavam ganhar tempo e criar uma estratégia, o demônio não deixava de falar:

- Vejam a sua fragilidade! Acuados como presas fáceis frente a um pregador perigoso. Escondidos atrás de uma cruz! Onde está teu Senhor que os orienta, que os salva? Onde está o Espírito Santo que os ilumina? Só vejo homens acovardados com as pernas trêmulas, o coração acelerado e sem perspectivas. Se realmente seu Deus é poderoso, mandem que os tirem daqui. Se são filhos de Deus, mande que estas madeiras se transformem em armas e lutem contra nós.

Então Asmodeus os levou a ver parte mais alta do vale e lhes disse:

- Se são filhos de Deus, impeçam a nossa vitória. Estão vendo aquele pico distante no horizonte? É o Pico do Papagaio em Aiuruoca. Lá estão aprisionados três dos sete príncipes do Inferno junto com duas legiões de demônios. Belzebu, Leviatã e Mamona. Vocês serão as testemunhas da nossa vitória. A libertação dos prisioneiros de Bartolomeu e a completa aniquilação de sua fé e de sua Igreja. Esperamos por este momento desde a batalha contra São Miguel. Fomos expulsos, derrubados no abismo mas agora estamos aqui prontos para apossarmos da criação, prontos para ditar as regras. Na nossa queda, seu Deus levou a sua presença os Santos Anjos que nunca tinham estado lá, eles o viram. Agora o amam e protegem a sua criação. Isto não será por muito tempo. Em poucas semanas estaremos vendo a anarquia instalada em todas as partes do reino. Seu povo matando seu próprio povo. Suas instituições políticas e sociais terão o mesmo destino de sua Igreja. As legiões libertadas do Papagaio e as legiões provenientes do Portal de São Thomé ocuparão os principais pontos do continente e cuidarão para que todos os templos, sejam Igrejas ou sinagogas sejam destruídas. Então, iniciaremos a sua tortura física, que terá início mas não terá fim. Saberão como são tratados os que não se submetem aos príncipes do mal e ao nosso grande senhor o Rei Lúcifer. Sejam sensatos!, continuou o demônio, não há como impedir a nossa vitória. Vocês estão derrotados. Não há esperanças para vocês. Ninguém virá para salvá-los. Satanás certa vez, do alto de um penhasco, disse a seu Senhor: "- Se és Filho de Deus, joga-te daqui para baixo. Pois está escrito: "Ele dará ordens a seus anjos a seu respeito, e com as mãos eles o segurarão, para que você não tropece em alguma pedra". Pois aqui estamos, numa situação semelhante. Venham nos enfrentar...

Nosso Senhor Jesus Cristo, respondeu: "- Não ponha à prova o Senhor, o seu Deus", disse Padre Mascarenhas.

- Pois continuo a proposta." Tudo o que tens a fazer é te prostrares e me adorares, como o seu senhor", continuou Asmodeus.

- Retire-se, Asmodeus, irmão de Satanás! Pois está escrito: "Adore o Senhor, o seu Deus, e só a ele preste culto", disse Dom Cipriano.

- Bonitas são as suas palavras, senhor bispo de Mariana, disse Asmodeus. O Senhor que veste batinas graduadas, que veio da metrópole para a colônia. Sei que não ligas para riquezas, para luxos e para prazeres como tantos outros. Mas sei de suas fraquezas, de seus sonhos e de seus fracassos. Seus pecados estão perdoados mas você mesmo não se perdoou. Nunca se superou por jamais ter perdoado a sua mãe pelo que ela fazia ao seu pai. Mulher instável de humor variável, tinha duas personalidades: uma para os de fora de casa e outra para aqueles que mais próximos estavam. Aos primeiros, alegria, simpatia e cordialidade. Por estes era tida como uma mulher dócil, trabalhadora, que aconselhava os amigos e conhecidos com mensagens de paz, harmonia e de muita tolerância. Uma mulher perfeita. A esses regava seu relacionamento com humilhações, ataques constantes e tratamento sempre rude e áspero. Seu pai, era o alvo predileto. Sempre ouvindo o que não deveria e o que não merecia. Era o culpado por tudo o que ocorreu e por tudo que deveria ter ocorrido e não ocorreu. "Você é a origem de todos os meus problemas" costumava dizer para o marido que vivia para o trabalho e o sustento de seus cinco filhos. Você assistia aquilo, dia após dia, mês após mês, ano após ano, o pobre homem digerindo as mais ridículas e absurdas acusações e não raramente privado até mesmo do alimento. Palavras, seu pai já não mais as dizia por que sempre vinham acompanhadas de agressões verbais e ridicularizações. Mantinha-se calado! Calado para não se machucar ainda mais, calado para preservar os filhos e a integridade do lar. Seu pai foi-se introvertendo, perdendo o interesse pela vida. Tinha apenas o objetivo de cumprir com a sua obrigação de encaminhar os filhos numa profissão e nada mais. Foi assim que fez. Preparou a todos para a vida, deu uma profissão a cada um e certo dia, reuniu todos os filhos ao redor de uma mesa, despediu-se de todos com um longo abraço molhado por rios de lágrimas e pôr-se no mundo. Já não tinha mais o que fazer naquela vida. Saía ouvindo a mulher chamá-lo de fracassado, de frouxo, de imprestável e de filho da p. Estava liberto das constantes humilhações e agressões. Deixava a casa e suas míseras riquezas e passava a ser uma expectador do mundo. Você presenciou a saída. Dois meses depois recebia a notícia de sua morte, morreu de frio. Morreu debaixo de árvores junto a uma encosta onde abrigava-se. Morreu na miséria. Miséria de herói, um pobre herói. Na verdade um mártir. Morreu feliz! Aquele que sofreu todo tipo de humilhações, restrições e até sabotagens. Aquele que cortou na própria carne para preservar a família. Aquele que renunciou ao seu conforto, as suas ambições e a seus projetos para viver em paz. Tudo isto você presenciou, Dom Cipriano. Isto mexeu com a tua vida. Não havia como perdoar uma mulher que sempre fez tudo para criar a infelicidade. Seu pai virou o curinga da tragédia. Tudo de errado a ele era creditado e sempre ele deveria ser penalizado. Não aguentou a pressão. Sucumbiu ao desespero e a ânsia de liberdade. Neste momento, no luto da morte, Dom Cipriano deixou sua casa e refugiou-se no seminário para lá ficar longe daquela que tanto mal fez ao pai. Mas nunca deixou de culpá-la pelo seu comportamento frente ao pai, um homem passivo, trabalhador, honesto e responsável com a família e com seu trabalho. Sua percepção da culpa de sua mãe foi aumentando, crescendo, agigantando-se. Certo dia, após um encontro com a mãe quando a mesma ainda responsabilizava o falecido pai por suas desventuras atuais, decidiu que ela deveria pagar por tudo aquilo. Tomado pelo ódio e pelo sentimento de vingança, denunciou a mãe por práticas judaicas secretas junto ao tribunal da Inquisição. Na missa de instalação do processo, após o sermão proferido pelo bispo de Lisboa, todos foram convidados a proferirem o juramento de comprometimento com as normais do Inquisição. Com a mão direita erguida, jurou dizer a verdade e, o fez... Manteve a denúncia com a mãe por práticas judias clandestinas. Sua mãe só não foi condenada a fogueira porque os inquisidores a perdoaram ao levarem em consideração o ato louvável de fidelidade do filho para com a Inquisição colocando as regras da Igreja acima de seu amor materno. Dom Cipriano, o senhor traiu sua mãe! A entregou à Inquisição! Isto está em sua cabeça, isto está em sua memória e sua memória não deixa de lembrá-lo a cada momento o que fez com a sua progenitora. Suas noites sem sono, seu sono com sonhos agradáveis são reflexos de sua traição. Eu vos dou a paz de espírito. Eu o faço esquecer de seus pecados e transformar tudo em amenidades. Fique conosco e se transformará, será poderoso, imortal e te darei toda a satisfação e o prazer que existe.

- Não se iluda Asmodeus. Minha mãe foi algo que fiz e não posso dizer que estou arrependido. Sinto por tê-la feito passar por momentos ruins. Todo sofrimento que causo ou que causei é motivo de desconforto. Isto me dói! Como príncipe do mal, sabes que sofro. Minha mãe estava doente, praticava atos irresponsáveis, era agressiva, praticamente forçou meu pai a sair de casa com tantos tormentos e mal tratos. Achava que o cristianismo estava fugindo da rota do verdadeiro Deus de Moisés. Por isto, praticava ritos judaicos secretamente.   Eu realmente a denunciei junto à Inquisição. Não menti. Eu cumpri com minhas obrigações de religioso e de fiel para com a Santa Igreja e ao mesmo tempo queria que ela se salvasse. A levei a uma sessão de exorcismo. Certamente um de seus demônios estava dentro dela. Nós a libertamos. Após o processo se tornou afável, mansa e conformada. Abriu seus olhos para tudo aquilo que fazia de mal comandada pelo maligno. Teve paz até seus último dia. É isto que você me oferece: a submissão, o sofrimento, a discórdia, a dor... Tudo isto conseguirei se tiver a ganância e enganar-me com suas promessas.

- Padre Mascarenhas, disse Asmodeus, você também tem sua chance. Venha conosco. Nós o pouparemos. Sei de suas aflições, sei de seus segredos, sei de suas fraquezas. O jesuíta de Piratininga! O educador dos índios. O protetor dos escravizados! Nunca teve vontade de ser padre. Foi a vontade de sua mãe que o forçou ao seminário: o religioso da família! Foi enviado para a colônia para educar e catequizar os índios mas interessou-se mesmo foi pelo pecados da carne no paraíso tropical. Aquele povo naturalista, inocente, que lhe ofereciam as filhas como agradecimento pelos ensinamentos na construção, na defesa, na culinária e na saúde. Podia recusar as ofertas, seria uma desfeita mas perdoável pelo cacique. Mas não o fez. Deliciou-se da carne. Da carne jovem, firme e molhada. E gostou! Danou-se com as regras. Tornou-se amante de uma, duas, três... Só deixou a lambança quando sua ordem foi expulsa da colônia e é por isto que quis ficar. É por isto que ficou. Sua carne perpetuou entre os nativos, tens filhos com as indígenas. Eu o deixarei na luxúria, na festa, na indolência, no paraíso da carne... Venha para mim, ajoelhe-se e prestes suas homenagens a este príncipe que lhe fala.

Já você Nelson Luiz de Almeida, o bom sacristão, o devoto de São Thomé, o ajudante de Padre Edson. Quantas qualidades! O homem de confiança da paróquia. Veio de Paraty a procura de riquezas, daquelas riquezas que chegavam nas tropas para serem embargadas no porto. As riquezas das minas, das Minas do Ouro. Chegou em Vila Rica e lá foi minerar nas exauridas minas da cidade. Não teve sucesso! A cidade era cara demais para seus ganhos, pediu um empréstimo a um conhecido agiota. Esperava com o dinheiro, investir em sua mineração e virar a mesa. Não foi o que ocorreu. As minas estavam realmente exauridas e o ouro encontrava-se nas profundezas da terra onde a mineração artesanal e solitária era algo impossível. Os empréstimos foram vencendo e o honesto Nelson se viu forçado a abandonar a Vila Rica devido a inadimplência. Dirigiu-se para o sul. Tinha uma dívida que quando não é paga com ouro deve ser paga com sangue. Chegou em São Thomé e logo conseguiu o emprego de sacristão. Um sacristão de pés sujos. Pois eu lhe dou todo o ouro que quiser. As riquezas de muitos reis. O que precisa é ajoelhar-se a meus pés e reconhecer-me como seu senhor.

O Padre Edson, o padreco de São Thomé! Por que se esconde atrás desta batina? O que esconde dentro desta batina? Sei que lhe falta fé! Decidiu-se pelo sacerdócio para fugir de sua natureza, de sua fraqueza. Desde jovem mostrava-se alegre, sensível e interessado nas artes domésticas. Quando adolescente passou por experiencias carnais com seus amigos. Foi violentado por seus companheiros mais velhos que o forçaram a sodomia. Nunca se desculpou por isto. Considera-se impuro, incapaz e depravado. Esta é a sua natureza! Procurou o refúgio no celibato. Procurou o refúgio na batina acima de qualquer suspeita. Abandonou Portugal para nunca mais voltar. Chegou a estas terras como que ressuscitado para iniciar uma nova vida cheia de esperanças e de vontades. Nunca foi pervertido mas é um traumatizado. Sempre se considerou impuro, incapaz, inválido, destruído pelas circunstâncias, indigno de ser pai, de ser homem ou mesmo de ser amado. És infeliz! Eu posso lhe dar a sensação da dignidade, da honra e da potência do amor-próprio. Venha, retire esta batina, atire longe seu crucifixo e venha para meu lado. Eu lhe darei a vontade de ser másculo, a energia que lhe falta, a virilidade de um homem jovem. Só esteja conosco, reconheça Lúcifer como seu senhor e tudo será mudado.

À medida que Asmodeus falava, os ânimos mostravam-se alterados. Todos os mais escondidos segredos estavam agora expostos ao público de maneira rude e direta. Coisa demoníaca! O moral de todos estavam em baixa. Faltavam-lhes força para resistir ou arquitetar um plano de luta ou de fuga. Dom Cipriano, dono de enorme fé, rezava constantemente e pedia ao Espírito Santo a sua interseção.

Braz Ribas, observava a topografia, checava as distâncias, observava o clima e tentava criar alguma saída militarmente viável. Padre Mascarenhas e padre Edson foram os que mais de abalaram com as revelações de Asmodeus. E ele continuava:

Padre Luciano, o vigário de Baependy. Quanta honra em tê-lo aqui a um passo de sua destruição. Que belo templo está construindo. Mas de nada servirá tanta arte, tanta arquitetura e tanto trabalho dispensado. Logo mais a Igreja não mais existirá. Seus fiéis serão admitidos em nosso reino de fogo e trevas. Não vou deixar de lhe fazer uma irrecusável proposta. Desde jovem é magro, alto e sempre esteve livre para viver nos campos, subindo montes, escalando montanhas e correndo nas planícies. Tivera um amigo, o José Gato, que se gabava de ser o melhor na resistência e na corridas. Ninguém era mais rápido do que o Gato. Este por sua vez, espelhava-se em Fidípides, o soldado mensageiro do exército ateniense que correu 42 quilômetros entre Maratona e Atenas para solicitar reforços quando os persas desembarcaram no local. Gato era inatingível, ninguém o alcançava. Seu fôlego era de felino. Isto até o dia do Festival de Óbitos quando o próprio organizou um desafio. O grande festival da cidade, localizada no alto de uma colina circundada por uma magnífica muralha que dá nome a cidade (oppidum do latim significa cidade fortificada), atrai milhares de portugueses da região de Leiria seria palco de uma corrida ao redor da muralhas. Gato propôs que qualquer homem da cidade poderia competir com ele por um valioso prêmio: a glória. Muitos se propuseram a desafiar o Gato dentre eles o Padre Luciano. Dada a largada todos puseram-se a correr. Gato ia constantemente ganhando terreno e abrindo distância para os demais concorrentes. Por peraltice, Padre Luciano entrou por um atalho que encurtava a distância em dois quilômetros e seguiu por aquele caminho ficando próximo ao campeão, já cansado, ultrapassando-o com facilidade. Gato inconformado por ter sido vencido por um padre de batina, jogou-se de um penhasco despedaçando-se no chão. O padre matou Gato! Este é o seu fantasma que o acompanha desde então. Um padre, justamente um padre fazer algo assim para um homem? Pois eu lhe libertarei de seus remorsos. Venha para mim! Não fique para se atirar do penhasco. Em poucos minutos eu os terei destruído a todos! É a sua chance.

- Manuel Mendonça, o fiel escudeiro do poderoso bispo de Mariana. O homem de confiança da coroa. O homem de confiança da Igreja, da Arquidiocese de Mariana. Não deveriam confiar tanto em sua honestidade. Por que teria um homem de sucesso de reconhecida competência ter vindo para este lugar selvagem? Não seria melhor estar na corte lisboeta? Certamente. Você também está aqui para fugir da consciência de seus atos. Atos covardes, egoístas e desonestos. Você era o homem de confiança de seu pai nos negócios da família. Ajudava a ele e em contrapartida recebia seu salário e suas gratificações. Ganhava como poucos em Lisboa. Mas na falta do pai, achou que era pouco. Esqueceu-se de que era apenas um dos treze filhos. Sentiu-se à vontade para apossar-se dos bens como que merecidos pelos anos de trabalho junto ao pai. Não levou em consideração que seu trabalho era remunerado e que recebia até polpudas gratificações de seu pai sobre o patrimônio que era de todos. Pois deixou seus irmãos a ver navios... Algumas de suas irmãs sobrevivem com alguma dignidade econômica porque seus maridos as provém mas foram privadas de todo o patrimônio do pai inclusive seu direto ao dote matrimonial. E tudo o que tinham está hoje em sua posse, Manoel. Eis porque fugiu para a colônia. Para escapar da consciência. Para não ver aqueles que são de seu sangue deambulando pelas ruas a procura de pão, porque o pão que lhes cabia está embolorando em seu bolso. Pois eu lhe concedo mais riquezas, mais poderes e ainda lhe darei o suficiente para indenizar aos seus lesados, venha para mim. Deixe a farsa da sua bondade, a farsa de sua honestidade e a farsa de sua caridade e venha sentir o prazer do poder, da riqueza e do soberba.

Vejam o nosso próximo homem. Mais um padre. Mais um que foge dos problemas enfiando-se numa batina. Benedicto Ramón, o espanhol. O exorcista. O homem que veio para a América na pista da relíquia que queremos destruir, a relíquia de Bartolomeu. Sei que o poder não o atrai. Sei que o dinheiro não o contenta. Sei que não tens medo. Mas sei que já amou. A bela Mécia! A meiga Mécia! A estupenda Mécia! A louca Mécia... Tudo o que você quer é Mécia e saiba que tudo que Mécia quer é você. Pois vamos negociar, eu vos darei Mécia. Sã, curada. Farei com que sua insanidade seja curada. Poderá ir buscá-la em sua internação naquele horrível hospício em que está internada bem longe dos conhecidos e da família. Você a terá de volta como na sua juventude: bela, agradável, amável e bondosa. Tudo como sempre desejou. A sua Mécia de volta! Salve a sua amada! Para isto basta vir até aqui, ajoelhar-se a meus pés e entregar a sua alma e seu coração para que possamos fazer de você um homem comprometido com nossa causa. Qual a dimensão de seu amor por Mécia? Não vale um pequeno sacrifício?

O demônio realmente soube achar o ponto fraco de Ramón. Mas este, colocou a mão em seu crucifixo, ergueu a cabeça e disse à Asmodeus:

- Não adianta tentar-me. Sei de seu poder, sei que podes fazer isto por Mécia mas tudo será infame. De que me vale uma alma comprometida com o mal? Como poderei negar ao meu Senhor? Se fugir da minha cruz como poderei me apresentar à Cristo? Mécia será salva por ação de meu Pai celestial, cheio de sabedoria e de bondade. Assim como ele nos livrará de todo o Mal que nos cerca. Mécia não mais me pertence, aliás, Mécia nunca me pertenceu. Quero seu bem. Quero sua cura. Sofri muito por ela. O sofrimento assumido e amadurecido é redentor. Hoje sou um homem de Deus com votos e com responsabilidades e nunca deixarei de cumpri-las. Vá, Asmodeus, para as profundezas do Inferno, siga seu rei Lúcifer e deixe os homens de boa vontade. Revestimo-nos de toda a armadura de Deus para que possamos estar firmes contra as astutas ciladas do diabo. O diabo mente. Em João 8:44 está escrito que o "que ele não se apegou a verdade, pois não há verdade nele. Quando mente, fala a sua própria língua, pois é mentiroso e pai da mentira." Portanto não há verdades em sua fala. Há propostas indecorosas em que nos dá minutos de prazer em troca do sofrimento eterno. Querem atingir ao Pai destruindo a sua criação. Deus é mais importante que as coisas!

- Que pena, Ramón! Teremos um final tão triste! Mécia louca, talvez não sobreviva por muito tempo. Nosso tempo está se esgotando. Vamos fazer uma última proposta de salvação, ao herói Ribas. Braz Ribas. O homem que salvou a coroa. O herói de Campanha da Princesa. Quanto heroísmo! Você agora está no final de sua missão. A missão que termina com a derrota, o fracasso. Você aqui, destruído e sua esposa lá, sobre uma cama, vendo sem reconhecer, ouvindo sem entender, faminta mas sem comer... Que cena deprimente. Cercada por seus filhos e amigos mas sem o seu marido que saiu a procura de algo que não pode encontrar. Uma coisa que é nossa, não dele! Pois como na Igreja de Évora, nós podemos também curá-la. Como poderíamos também ter curado Mécia.

Ela voltaria a vida. Daria carinho a seus filhos, seria a sua companheira para todos os momentos e faria com você, crescer a sua sesmaria. Mas o seu egoísmo vai matá-la! Você pode salvá-la, se quiser. Minha proposta vale para você também. Largue esta cruz e venha para mim.

- Se a cura de minha esposa não for me concedida por meu Senhor, eu estarei certo de que ela se foi mas está curada junto de Deus Pai, Deus Filho e Deus Espírito Santo circundada por Maria e todos os santos do céu. Se minha saga é morrer defendendo minha religião, minha família e minha Pátria, que assim o seja. Lutarei até o fim empunhando esta cruz que carrego e minha fé inabalada em minha religião e em meu Deus. Jamais servirei a outro senhor senão a meu Senhor. Se meu destino é terminar aqui, terminarei agarrado a esta cruz e dela não soltarei. Meu Deus prepara para mim um outro destino que seguirei eternamente, disse Ribas.

Uma desistência dos padres ou de ao menos um dos elementos do grupo já seria uma doce vitória para os demônios. Por fim, nenhum deles cedeu e o tempo passava. Era hora de dar andamento às atividades e seguir com a missão. Asmodeus reuniu seus demônios. Já não eram muitos. Dezenas de corpos humanos possuídos haviam sucumbido aos tiros de espingardas e garruchas dos Junqueiras na emboscada da última fazenda. Precisavam adquirir novos corpos para assim dar forma humana aos demônios e seguirem em frente. Alguns dos corpos possuídos restantes já eram parasitados por mais de um demônio. O exército precisava ser recomposto. Asmodeus ordenou aos seus demônios que jogassem material inflamável ao redor do grupo. Seriam queimados vivos como na inquisição, dizia. Fizerem um círculo com madeira de lenha, palha e outras vegetações secas e envolveram-na com álcool provenientes de alambiques próximos. Sem muita cerimônia, atiraram fogo no círculo para que as labaredas chegassem a lambiscar-lhes a pele desidratando e carbonizando os homens e fundindo os metais. A horripilante cena não pode ser descrita. Os homens em pavor. Dom Cipriano tentava acalmá-los dando a certeza da ajuda divina. Padre Ramón praticava um ato exorcista na desesperada tentativa de afugentar os demônios que alimentavam o círculo da fogueira que a cada momento vencia o espaço e ficava mais próxima. O clima já estava naturalmente quente e o calor produzido pela combustão tornava o local a verdadeira fornalha do inferno.

- Mais uma vez eu lhes ofereço o frescor das águas cristalinas e o alívio de suas dores, dizia Asmodeus.

Mas não havia respostas.

Tudo parecia consumado. Dom Cipriano elevou as mãos ao céu e disse:

- Pai, assim como Jesus Cristo lhe disse na cruz, em sua mão nós entregamos o nosso espírito.

al terminava a frase, as nuvens escuras foram chegando e uma inesperada chuva de verão caiu sobre a fogueira com pingos grossos, próximos e abundantes que perdurou não mais que cinco minutos mas o suficiente para apagar as chamas e deixá-los apenas chamuscados.

- Asmodeus!, clamou Dom Cipriano, o nosso Deus não nos abandonou!

- Ora, Dom Cipriano, não será com uma chuva que ele irá nos vencer!

Imediatamente, Asmodeus ordena aos seus demônios que apanhem madeira seca, reorganizem e ponham fogo na fogueira mais uma vez. As madeiras próximas estavam incomumente úmidas para a pouca chuva que caíra. Mas assim foi feito. Novamente, o círculo foi refeito e o fogo atirado deixando os homens mais uma vez a mercê do calor das chamas.

- Acho que agora será definitivo, disse Manoel Mendonça.

- Não podemos perder a nossa fé, disse Ribas.

As chamas novamente levantavam altas labaredas. O calor mais uma vez insuportável, padre Ramón orava por todas as almas e pedia ao Senhor o perdão de seus pecados. Os demais homens já se apresentavam semi-inconscientes. Alguns já falavam coisas desconexas. Padre Mascarenhas, já debilitado, diz:

- As trombetas! As trombetas! Os anjos estão tocando as trombetas! O céu já nos espera!

Quando Ribas completa:

- Eu ouço trombetas também. Estão vindo para cá!

- Eu ouço tambores!, completa Dom Cipriano!

- Taróis e surdos, disse Ribas. Estão marchando... Há cavalos! É o exército de Del Rey. Deus mandou o Rei! As tropas de São João Del Rey! Soldados de Portugal! Estamos salvos!

- Esperem, estamos sendo aprisionados por demônios!, disse Dom Cipriano. Soldados estão preparados para lutar contra outros humanos. Não será tão fácil assim. Podem matar os corpos mas os demônios podem aproveitar das tropas para invadirem seus corpos. Lembrem-se há muitos demônios vagando cujos corpos que ocupavam foram mortos pelos Junqueiras. Este exército pode ser o que falta para a completar as legiões de Asmodeus...

Assim, a esperança tornou-se angústia. Aqueles soldados seriam utilizados como massa de manobra. Com os corpos possuídos, os demônios teriam muito maior mobilidade e condições de ações. Começaram a gritar com os pulmões já prejudicados:

- Fujam! Fujam! São demônios!

Mas não adiantava! O som dos tambores estavam cada vez mais perto e as trombetas suavam a cada vez mais alto e claro. Estavam próximos demais e não tinham pulmões para avisá-los.

Ao longe as tropas surgiam como uma silhueta brilhante que deixava algum rastro de poeira que se elevava no horizonte. Era uma tropa de Cavalaria seguida por tambores e ao fundo uma estrutura estranha. Muitas bandeiras e estandartes.

Em alguns minutos a cavalaria tornou-se identificável vendo cavalos fortes, cavaleiros com espadas, lanças e armas de fogo. Todos uniformizados com túnicas brancas. Estampadas nas túnicas, uma grande Cruz de Malta em vermelho. Sobre o tórax um grande crucifixo dependurado em uma grossa corrente. Traziam diversas bandeiras brancas com a Cruz de Malta tremulando em seu centro. Ao longe podiam ouvir as trombetas, os tambores e vozes humanas. As vozes masculinas falando algo que não podiam bem compreender por que estava distante ou porque era uma língua estranha.

- Ouçam!, disse Dom Cipriano! Estão ouvindo? Não são soldados portugueses! Cantam em latim! Ouçam:

" Da pacem, Domine, in diebus nostris (Dá a paz, o Senhor, em nosso tempo)

Quia non est alius (pois não há ninguém)

Qui pugnet pro nobis (que vá lutar por nós)

Nisi tu Deus noster (senão tú, nosso Deus)

Fiat pax in virtude tua (faça-se a paz na tua força)

Et abundantia in turribus tuis (e abundância nas tuas torres)

Da pacem, Domine, in diebus nostris (Dá a paz, o Senhor, em nosso tempo)"

- Meu Deus! Não são soldados portugueses, são soldados de Cristo! Esta música é latim, é o hino "Pacem Domine" dos templários! É um canto católico em estilo Bizantino, continuou Dom Cipriano.

Em poucos minutos os soldados chegaram até eles. Ao se aproximarem, os demônios inacreditavelmente se retiraram. Parte da cavalaria ainda os seguiu por alguns instantes mas logo voltaram. Os homens rapidamente apagaram a fogueira com terra, água e galhos. Soltaram o grupo e os levaram para um lugar longe do calor e os hidrataram. Enquanto isto, a cavalaria mantinha uma ronda afim de manter os demônios a certa distância. Neste instante chegava até o local o restante dos soldados da infantaria que envolviam em sua formação de marcha, um Pálio. Este Pálio era levado por seis grandes homens e em seu interior dois anciões. Um com longas barbas negras.

- Obrigado por nos salvarem, disse Padre Mascarenhas aos primeiros cavaleiros. Quem são vocês? Veja que vocês ostentam uma cruz de Malta em seu uniforme. É uma cruz Templária! Não pode ser! Os Templários foram extintos pelo papa Clemente V a pedido do rei da França em 1312.

- Eis algo que terão de nos explicar, completou Padre Ramón.

O Pálio foi aproximando-se. Rapidamente, com grande surpresa Ribas levanta-se e diz:

- Oh! Meu Deus! São Dom Manuel e o turco Youssef Ibrahim!

Os dois homens vinham no Pálio e com eles traziam uma caixa de metal dourado brilhante: a relíquia de São Bartolomeu! Chegaram até o grupo e disseram:

- A paz do Senhor esteja convosco!, disse Dom Manuel.

- O amor de Cristo nos uniu, responderam todos.

- Sabemos que estão cansados, feridos e desidratados mas não temos muito tempo. Precisamos agir rapidamente para que tenhamos sucesso. Os demônios não foram vencidos pela nossa simples chegada, eles estão apenas assustados com a nossa vinda inesperada. Devem estar aguardando e consultando uns aos outros para trazerem uma nova estratégia de guerra, disse Dom Manoel.

- Vocês são Templários, perguntou Padre Ramón?

- Sim, somos da Ordem dos Pobres Cavaleiros de Cristo e do Templo de Salomão, os conhecidos Templários. A mais antiga ordem militar da Cristandade e também uma das ordens religiosas mais ricas graças a generosidade dos devotos, principalmente na França. Sei que deves estar confuso sobre nós. Nossa ordem foi desfeita pelo papa Clemente V que apesar de reconhecer os serviços que prestamos tanto na Europa quanto em Jerusalém se viu pressionado pelo Rei de França Felipe IV que profundamente endividado com a ordem criou e disseminou calúnias contra ela e seus membros exigindo do papa a sua dissolução. Na verdade, Felipe IV era ambicioso, irascível e mau-caráter. Primeiro, perseguiu os judeus franceses para confiscar seus bens, não satisfeito, partiu contra a nossa ordem. Para ele, a raison d'être da ordem desapareceu em 1291 quando o último bastião cristão na Terra

Santa caiu frente aos sarracenos. Ao voltar para casa, foram surpreendidos com a ferocidade com que o rei Felipe os recebeu. Os principais líderes do movimento foram mortos em fogueira pública como vocês quase o foram. O Grão-mestre da ordem, Jacques de Molay, foi queimado em frente a catedral de Notre Dame, em Paris. Não antes de reafirmar a inocência dos Templários, amaldiçoar o rei e seus descendentes até a décima terceira geração e profetizou que dentro de um ano ele e o papa iriam juntar-se a ele no Juízo do Senhor. Com aqueles fatos, muitos dos cavaleiros da ordem fugiram para a península ibérica. Em Portugal já estávamos desde 1122 e exercemos importante papel na reconquista da península aos mouros. Lá, a ordem construiu diversas fortalezas como o Convento de Cristo, em Tomar. Por estas e muitas outras razões o Rei Diniz I recusou-se a perseguir os templários como ocorria na França. Foi então estabelecida um novo rosto para a ordem que seria vinculada ao Rei de Portugal. A nova ordem de Cristo participou de "novas cruzadas" no norte da África, nas Índias e nos descobrimentos. Teve o Rei Henrique, o navegador, como seu grão-mestre. Portanto, a expansão dos domínios portugueses está diretamente ligada a atuação da ordem. Implantamos a cruz templária na velas das caravelas portuguesas que passaram a dominar a navegação e o comércio sempre levando a evangelização como nossa principal bandeira. As descobertas também eram atributos da ordem. Os marcos demarcatórios de descobertas portuguesas presentes na África e Américas são representados por ícones templários. A Cruz de Malta representava a marca da chegada do cristianismo, da palavra do Senhor, da Salvação aos sarracenos e pagãos. No século XVIII, a ordem foi secularizada em Portugal e perdemos o vínculo religioso. Porém, os membros da ordem que vieram para o Brasil continuaram a manter o vínculo religioso principalmente com a chegada do diácono português com a relíquia de São Bartolomeu.

Teríamos uma missão importante: evitar a invasão dos demônios para libertar os prisioneiros do Pico do Papagaio e preservar a relíquia segura. Foi então que nos autodenominamos "Os Guardiões do Papagaio".

- Dom Manuel, o senhor é o líder?

- Sou o Guardião-mor do Papagaio como viu Ribas quando esteve no Pico do Papagaio. Formamos uma rede de homens de bem, religiosos e defensores do Cristianismo e da Santa Igreja.

- E o turco Youssef Ibrahim?

- Youssef Ibrahim é na verdade um monge melquita. Ele e sua igreja estiveram sempre a procura da relíquia desde que ela surgiu e desapareceu em Constantinopla. Youssef Ibrahim como mascate tinha acesso a todo tipo de informação sobre qualquer movimento atípico nas Minas dos Rey. A partir dele, os irmãos da ordem eram mobilizados e coordenados. Como ocorreu agora.

- Melquita?, espantou Ribas.

- Sim, Melquita. É a instituição cristã mais antiga do mundo. O nome melquita está ligado ao Concílio de Calcedônia em 451 quando se posicionaram como diofisistas, que são aqueles que acreditam que Jesus Cristo encarnado teria duas naturezas, uma humana e outra divina. Culturalmente estão ligados as Sés de Antioquia, Jerusalém e Alexandria, mas sobretudo de Antioquia que era o Império Bizantino. Sofreram grande influência na invasão árabe do século VIII mas mantiveram suas raízes inabaladas sobre a grande pressão do Islam. No grande "cisma do oriente", em 1054, a Igreja Melquita manteve neutralidade entre a ortodoxia e a catolicismo entretanto, em 1724, declaram comunhão com

Roma. Hoje, apesar das pequenas diferenças rituais e a língua em uso, os Melquitas usam o grego e os católicos romanos o latim, formam uma mesma igreja sob o comando do Papa. Hoje o Igreja Melquita não possui muita influência em Antioquia porque faz parte atualmente do Império Otomano, que é muçulmano. Seus fiéis estão concentrados na Grande Síria.

- O que faremos agora? Precisamos derrotar os demônios definitivamente, perguntou Padre Mascarenhas.

- Antes de mais nada vamos recuperá-los. Estão feridos e desidratados. Vamos descansar por hoje. Estaremos a salvo enquanto estivermos com a relíquia de São Bartolomeu por perto.

- Há risco de os demônios virem a destruir a relíquia?

- Não há este risco porque eles não podem tocá-la mesmo utilizando de um corpo humano possuído.

- E nós podemos destruí-los?

- Sim, mas para isto temos que abrir o relicário onde encontra-se a relíquia de Bartolomeu.

- Então, poderemos fazer isto o quanto antes..., disse Ribas.

- Não exatamente, precisamos da chave do relicário que desapareceu após a morte do diácono.

- Isto não é problema. Dom Cipriano tem a chave! Ela estava pressa em uma fita de couro junto ao corpo incorruptível do diácono, disse Ribas.

- Sim, é verdade! Ela está comigo, disse Dom Cipriano.

- Muito bom! Agora teremos que chegarmos próximos dos demônios e encurralá-los com a relíquia. Em alguma distância já estarão ao alcance de São Bartolomeu.

- Em caso dos demônios nos atacarem e destruírem a relíquia?, perguntou Ribas.

- Não será possível, os demônios não podem tocar a relíquia ou mesmo na chave senão serão destruídos. Apenas nós humanos e mortais podemos tocá-la, completo Dom Manoel.

Acamparam formando um grande círculo tendo em seu centro o Pálio e a relíquia. Diversas fogueiras iluminavam o perímetro e permitiam a vigilância por partes dos cavaleiros. Os cavalos foram cuidados e alimentados. Antes do toque de recolher fizeram uma última oração e entoaram uma canção Ibérica que se tornou conhecida com a canção dos templários ibéricos que lutaram contra os mouros. Conta-se que quando do domínio Islão da península ibérica, o Emir de Córdoba exigia como tributo a entrega anual de cem jovens cristãs virgens. O tributo era considerado abusivo e repulsivo pelos cristãos. Certa vez, um bispo de nome Teodomiro viu uma estrela pousando em um campo, na região de Stella. Foi até lá e encontrou o corpo do Apóstolo São Tiago Maior que havia evangelizado a região. Alguns anos depois, houve uma revolta e ocorreu a Batalha de Clavijo, no ano 844. Os cristãos perdiam o embate quando o céu se abriu e desceu o apóstolo empunhando uma bandeira e uma espada, lutando contra os mouros e proporcionando a vitória aos cristãos. O Campo onde achou-se o corpo do apóstolo São Tiago, o Campo Stella, passou a ser conhecido como Santiago de Compostela cuja peregrinação foi também protegida pelos templários. Acredita-se que esta música foi composta em homenagem a estes fatos. Diz a música:

"Dum pater familias (quando Deus Pai)

Rex universorum (rei do universo)

Donaret provincias (atribuiu suas provincias)

Jus apostolorum (entre os apóstolos)

Iacobus yspanias (Tiago foi escolhido)

Lux illustrat morum (para levar a luz à Espanha)

Primus ex apostolis (primeiro entre os apóstolos)

Martir Ierosolimis (martilizados em Jerusalém)

Iacobus egregio (o notório Santo Tiago)

Sacer est martirio (sagrado no martírio)..."

Terminada a canção, religiosos, civis e parte dos templários preparavam-se para repousarem quando foram surpreendidos por um homem de meia idade, de baixa estatura, com sobrepeso, bigode, cabelos grisalhos, corpo longo e pernas curtas. Chegou próximo de onde Dom Manoel encontrava-se e disse:

- Boa noite!, Eu sou Valter. Estava passando pela região vindo de São Thomé quando vi o movimento e achei que poderia ser-lhes útil em alguma coisa.

- Muito obrigado, meu senhor. Não estamos precisando de nada. Pode seguir a sua viagem em paz. Sirva-se de algum alimento e sinta-se à vontade para partir.

- Obrigado, meu senhor. Poderia passar a noite entre os senhores e seguir meu rumo ao amanhecer?

- Certamente, alimente-se e recolha-se a esquerda junto aos cavaleiros.

Na manhã seguinte, todos acordaram bem cedo. Os demônios foram monitorados a noite toda e encontravam-se em uma caverna numa encosta. As forças do Senhor, formação militar, seguiriam até lá levando a relíquia e a abririam próxima a caverna, o suficiente para o poderoso instrumento aprisionasse os demônios.

- Todos prontos?, perguntou Dom Manoel aos cavaleiros.

- Sim Senhor, todos prontos.

- Dom Cipriano, venha com a chave para o Pálio junto da relíquia.

- Sim, estou a caminho, disse Dom Cipriano colocando a mão no bolso da batina e pegando um artefato de couro com um metal. Tirou-o para fora e exclamou: - " Não é a chave do incorrupto! Fomos enganados!"

O pânico tomou conta do ambiente! Como aconteceu isto? Não pode ser verdade, quem trocaria a chave? Vamos fazer uma varredura em todo o acampamento para investigar.

Concomitante a toda a agitação, alguns cavaleiros correm para Dom Manoel e dizem:

- A relíquia desapareceu!

Iniciaram imediatamente uma busca por toda parte.

- Fizemos uma chamada geral de toda a tropa. Não há ninguém ausente. Todos os cavaleiros estão aqui, exceto o homem que chegou ontem à noite.

- Alguém reconheceu o homem de ontem, perguntou Dom Manuel.

- Eu o reconheci, disse Nelson Azevedo.

- Então diga, quem é ele? O que sabe dele?

- Valter mora em São Thomé. É meu ex-cunhado. É um homem muito ambicioso, sem escrúpulos e cujo limite ignora. Não mede esforços para tirar alguma vantagem sobre qualquer um, mesmo os mais humildes e os mais fracos. É baixinho mas é capaz de grandes estragos. É ruim com qualquer um até mesmo com seu pai. Recordo-me de meu ex-sogro. Um homem bom, trabalhador, honesto, porém, muito preocupado com as coisas. Levava tudo muito a sério! Era seu oposto. Mas ele puxou para a família da mãe. Algumas de suas irmãs são também possessas. Antes da morte de seu pai, o chantageou para tirar-lhe o pouco que tinha só para ele. Escreveu-lhe uma carta com tanta maldade que até mesmo o próprio Satanás não teria coragem para tal. O homem morreu de desgosto.

- Ele teria retirado a chave da batina de Dom Cipriano, esta noite?

- Não acredito. Dom Cipriano não retirou a batina. Dormiu com ela e em companhia de várias pessoas.

- Então ele não poderia ter pegado a chave.

- Acho que poderia. Antes de Dom Cipriano entrar na gruta do carimbado, optou por vestir calças em invés da batina que limitaria meus movimentos. Vestiu calças minhas que foram trazidas por Valter. Ele levou a batina para ser lavada e trouxe as minhas roupas. Quando saímos da caverna passamos pela igreja e lá estava a batina pronta para uso. Provavelmente ele as trocou.

-Ele seria capaz de fazer um pacto com o diabo?, perguntou Ribas.

- Muito mais que isto. Não só faria com depois trapacearia o demônio, completou Nelson.

Dom Manoel chamou por Youssef Ibrahim. Precisavam traçar um plano para tentar reaver a relíquia. O tempo era escasso e a decisão precisava ser rápida. Asmodeus provavelmente já estava ciente do ocorrido e determinará a destruição do artefato com muita rapidez.

- Dom Manoel, gritava um cavaleiro. Os demônios estão vindo acompanhados do pequeno homem de ontem.

Todos seguiram para o caminho e puderam ver Asmodeus com sua imagem horripilante seguido por Valter e vários negros cujos corpos eram possuídos por demônios.

- Dom Manuel! Youssef Ibrahim! Dom Cipriano! Padre Ramón! Padre Mascarenhas! Padre Edson, Padre Luciano!, quero compartilhar com vocês o presente que recebi de meu amigo Valter. Como vocês são tolos! Valter fez um pacto comigo. Ele aceitou o que ofereci a vocês e recusaram. Ele é esperto! O mais esperto de todos! Terá riquezas, terá nome, será reconhecido em qualquer parte por sua fortuna e ao se comparar aos irmãos demonstrará a todos como é muito superior. O mais bem sucedido de todos! Ele e eu temos agora um pacto. Ele agora destruirá a relíquia de São Bartolomeu e todos os Prisioneiros do Papagaio estarão livres e nós poderemos seguir nossa missão de "conversão" da humanidade. Queremos uma sociedade sem família, sem valores morais, sem limites como é nosso companheiro Valter, que já registrou na sua história vários exemplos de determinação.

- Valter!, disse Youssef Ibrahim, não se iluda com este ser. Ele é o demônio cuja natureza é fazer o mal, destruir, dominar e iludir. Ele não é seu deus. Ele apenas o usa. Até o profeta Maomé, que não comunga conosco do pão de Cristo, disse certa vez: "... ele se dirá Deus e tentará criar dúvidas em suas mentes. Tendo uma firme crença a criatura de apenas um olho não será seu senhor. Ele dirá que trouxe presentes do paraíso: um arsenal do inferno".

- Não faça isto, Valter, disse Nelson Almeida. Você não receberá nada do demônio. Ele o destruirá tão cedo não precise mais de uma mão humana para abrir o relicário e destruir a relíquia.

- Não adianta, estou decido. Sinto ao lado de Asmodeus que estou em casa. Sinto nele vontade de crescer, vontade de possuir, vontade de ser algo maior que todos vocês. Ele me prometeu os bens e o reino que quiser.

Valter pegou a chave, colocou-a na fechadura, virou-a no sentido horário e abriu o relicário. Asmodeus, Atarote e Balam observavam a distância por não poder aproximar-se do objeto sagrado. Dentro do relicário envolto em um acolchoado vermelho estava o dedo indicador esquerdo de São Bartolomeu. Pegou-o e posicionou-o sobre uma rocha. Empunhou uma espada elevando-a para dissipar a peça. Antes de deferir completamente o certeiro golpe, um homem atravessou em veloz corrida em direção a Valter proveniente de uma mata lateral pulando sobre o pequeno homem, jogando-o no solo. Os cavaleiros aproveitando o momento seguiram a galope para o local colocando os demônios em recuo. Os dois homens estavam em luta corporal quando os templários chegaram que com um golpe certeiro decapitaram o parceiros dos demônios. Os cavaleiros pularam ao chão e pegaram a relíquia e a colocaram de volta no relicário. Nisto, Asmodeus manda seus demônios atacarem e uma feroz batalha é travada em os cavaleiros com a cruz de malta e os negros possuídos. O homem que salvou a relíquia foi a primeira vítima dos demônios. Bem treinados e com as poderosas cruzes bentas em seu tórax os cavaleiros templários conseguiram fazer os possuídos debandarem.

Vagner!, exclamou surpreso Nelson Almeida, para o homem que salvou a relíquia.

- Quem é ele?, perguntou Dom Cipriano.

- É irmão do Valter. São irmãos e inimigos. Sempre se ameaçaram. Valter dizia que caso não conseguisse destruir Valter daria a ele um "abraço dos náufragos" para que ambos morressem afogados. Os dois tem as mesmas ambições. Entretanto a inveja entre eles é maior que qualquer outro pecado. Como Caim e Abel. Mas neste caso ambos são Caim. Acabou por cair praticando um ato heroico, disse Nelson.

- Então Vagner não suportou a possibilidade de Valter sair-se bem do acordo com Asmodeus..., raciocinou Ribas.

- Sim, disse Nelson.

- " Ai da terra e do mar porque o diabo desceu para o nosso meio. Ele está cheio de grande furor sabendo que lhe resta pouco tempo", disse Dom Cipriano.

Temos que agir rapidamente ou os demônios receberão reforços do Inferno, disse Padre Ramón.

- Felizmente, podemos ficar mais tranquilos porque instalamos a cruz metálica de Baependy aspergida com água benta na Páscoa do Senhor na passagem do Portal do Inferno. Santa Teresa D'Avila nos ensinou que "não há coisa de que os demônios fujam mais, para não mais voltar, do que água Benta". Junto com a água Benta o símbolo maior de Cristo: a cruz. A força destes símbolos não está em sua materialidade mas sim no poder recebido de Jesus Cristo, pela Igreja, que une um efeito espiritual a um objeto.

Dom Manoel, reuniu rapidamente a tropa. Deveriam seguir com a relíquia em perseguição aos demônios e sua destruição. Tinham que evitar a volta dos demônios para a Gruta do Carimbado onde há o Portal do Inferno. Se entrassem no portal poderiam conseguir reforços e até a ajuda de Leviatã. As tropas foram divididas. Cavalos foram providenciados para os padres e Ribas que seguiram com Dom Manoel para São Thomé e a outra parte da tropa seguiu em perseguição aos demônios sob o comando de Youssef Ibrahim.

Não perderam tempo, seguiram pelas trilhas que levavam de volta a São Thomé. Durante todo o trajeto, Padre Ramón, Dom Cipriano e Padre Mascarenhas mantiveram uma conversa longa e tensa. Estudavam o que fazer ao chegarem a São Thomé.

- Evidentemente, os demônios sabem que estamos os seguindo, disse Padre Mascarenhas.

- Tenha certeza de que sabem, disse Dom Cipriano.

- Eles não sabem é que obstruímos a passagem do Portal do Inferno com a cruz metálica benta. Com esta obstrução, teremos certeza de que estarão somente os três demônios chefes e seus seguidores. Não terão reforços, completou Dom Cipriano.

- Esta é a nossa esperança. Gostaria de ter checado esta cruz metálica e ter certeza de que está bem-posicionada, disse Padre Ramón.

- Quanto a isto não se preocupe, os homens garantiram que obtiveram o seu posicionamento ideal. Vamos seguir na certeza de que encontraremos Asmodeus e seus encurralados em São Thomé, completou Dom Cipriano.

Enquanto cavalgavam, Ribas, que estava nitidamente confuso com tanto terror comenta com Padre Luciano:

- Sempre temi o mal. Mas nunca imaginei que o reino do mal estivesse tão perto de nós. Eles estão aqui, eles estão entre nós.

- Eles são fortes, numerosos e estão sempre trabalhando para criarem o sofrimento e o mal. Não há como duvidar de sua existência. Porém existem religiões que não creem nele. Os judeus são um deles. Para eles existe apenas a figura de "Satã" o anjo, uma força criada pelo Senhor Deus com objetivo edificante. Eles alegam baseado em Zacarias 3 que Satã é uma espécie de promotor de justiça, o acusador. Ele fica ao lado do Senhor para ajudá-lo nos julgamentos. São submissos ao Senhor, uma parte do sistema celestial. Uma peça importante no funcionamento da justiça divina. Também relatam Jó 1. "E num dia em que os filhos de Deus vieram apresentar-se perante o Senhor, veio também Satã entre eles. Então, o Senhor disse a Satã: Donde vens? E Satã respondeu ao Senhor e disse: de rodear a terra e passear por ela. E disse o Senhor a Satã: observaste tu a meu servo Jó? Porque ninguém há na terra semelhante a ele, homem íntegro e reto, temente a Deus, e que se desvia do mal. Então responde Satã ao Senhor, e disse: Porventura teme Jó a Deus debalde? Porventura tu não cercaste de sebe, a ele, e a sua casa, e a tudo quanto tem? A obra de suas mãos abençoaste e o seu gado se tem aumentado na terra. Mas estende a tua mão, e toca-lhe em tudo quanto tem, e verás se não o blasfema contra ti na tua face." Segundo os judeus, isto prova uma relação entre o Senhor e Satã, o promotor. Que acusa Jó de ser bom e íntegro porque nada lhe falta. Para eles Satã é uma força criada e submissa ao Senhor e tem o papel edificante de um promotor. Eles ainda alegam levando em conta a comparação de duas passagens bíblicas: 2 Samuel 24 e Crônicas 21. Na primeira passagem, Deus incita Israel a fazer o censo e no segundo o mesmo fato é incitado por Satã. Segundo eles, não há contrassenso nisto pois Satã é colaborador do Senhor, para edificar e promover o bem. Finalmente, eles exaltam Isaias 45,7: " Eu formo a luz, e crio as trevas; eu faço a paz, e crio o mal; eu, o Senhor, faço todas estas coisas." Por este texto, explicam que Deus é o criador do bem e do mal. Ele fez o mal para que a criação possa usar seu livre arbítrio e escolher qual caminho a seguir. Portanto, o mal faz parte do sistema criado pelo Senhor e Satã é apenas um colaborador.

- Esta crença não procede. Falta-lhes o Novo Testamento! O nosso Senhor é amor! Não há como acreditar que o Senhor está por detrás do massacre nas fazendas dos Junqueiras, das torturas do inferno e das possessões demoníacas que precisamos exorcizar. Eles existem! Não há duvidar deles! Nós os vimos! Eu os vi. Sinto arder os chamuscado causado fogo ateado por eles. Os Junqueiras estão mortos! Todos aqueles escravos e trabalhadores das fazendas estão mortos! O Senhor não faria isto! Ele é Pai! São seres malignos, diferentes, poderosos e horripilantes, disse Ribas.

- Sim, mas muitos ainda não creem neles. Acham que são frutos de interpretações errôneas dos textos bíblicos, criadas propositalmente para controlar os fiéis através do medo, do pânico e assim aumentar o poder da Igreja. Segundo eles, Satanás não existe, existe sim o burocrata Satã, completou padre Luciano.

- Por eles, o Senhor seria perverso, pois teria criado e vem sustentando o mal, disse Ribas.

- E Padre Mascarenhas aproxima-se e cita Isaias: "Ai dos que ao mal chamam bem, e ao bem mal, que fazem das trevas luz e da Luz Trevas e fazem do amargo doce e do doce amargo!". Estamos diante de um erro negar a existência e a malignidade do demônio. Isto vem sendo divulgado dentro do misticismo oriental, do esoterismo e de outras ideologias. Pregam que dentro de bem há o mal e dentro do mal há o bem. Estão todos errados. O maligno é exclusivamente maligno e o Senhor é amor. Falta a eles informações, conhecimentos e experiencia de vida como a que sofremos conhecendo o poder do maligno e a compaixão do Senhor que nos permitiu sairmos ilesos de tal perigosa situação. João nos diz: "Vede quão grande amor nos tem concedido o Pai que fossemos chamados filhos de Deus. Por isso o mundo não nos conhece, porque não o conhece a ele".

Dom Cipriano completa: - Quem nega a existência do demônio está fora da fé cristã. São Paulo nos diz: "Jesus veio para destruir as obras do demônio". Não nos cabe julgar a existência do demônio pois esta é concreta. Cabe-nos agora discutir como vamos derrotá-lo. O demônio tem ódio a vida humana. Se ele pudesse matar-nos ele o faria rapidamente porque somos a imagem e a semelhança ao Senhor. Temos que vencer esta batalha. Eles são superiores a nós humanos, muito mais inteligentes, entretanto, a sua falta de humildade e de amor os cega. No transbordar do ódio, fazem coisas pouco inteligentes. Temos que aproveitar de uma eventual falha do demônio.

Ramón, o exorcista, mantem-se calado. Sua mente está concentrada nos preparativos para uma eventual necessidade de um exorcismo coletivo. Seu preparo é a oração e o jejum. Pede a proteção ao Senhor Jesus Cristo e a intercessão de São Miguel. Com a mão direita manipula um terço continuamente. Sua mente é só devoção e exaltação ao Senhor.

E foram cavalgando. Trocaram opiniões durante toda a viagem. Os homens estavam cientes da malignidade de Satanás e pediam ao Senhor que mandasse o Espírito Santo para que soubessem o que fazer.

Capítulo XVI -De volta ao Carimbado

Já cavalgavam por várias horas, pararam no alto de uma elevação pedregosa, ao lado de um curso d'agua que despencava de considerável altura criando uma bela cachoeira: a Véu de Noiva. Após a queda, havia uma piscina natural de águas límpidas e frescas que serviu para hidratar os animais e refrescar os homens que caminhavam para a porta do inferno.

Ali, as duas tropas voltaram a se reunir. A tropa que perseguia Asmodeus não conseguiu manter contato com os perseguidos. Anoitecia quando chegaram ao local onde se abre a gruta do carimbado. A visibilidade era pequena pela ausência de luar . Optaram por deixar os cavalos em uma área de vegetação baixa onde pudessem pastar e armaram acampamento em uma clareira formada por uma laje de pedra plana. Passaram uma noite tranquila onde foram tomadas todas as precauções de um acampamento de campanha.

Na manhã seguinte, Dom Cipriano foi acordado antes do nascer do sol por um emissário do comandante Youssef. Convocava-o para uma reunião urgente. Dom Cipriano, pôsse a seu encontro. Chegando lá todos já estavam presentes.

- Dom Cipriano, disse Youssef, temos más notícias. Nossos cavalos desapareceram e os sentinelas foram mortos. Estamos sob ataque dos demônios, disse Youssef.

- Vamos verificar a entrada da gruta. Os demônios já devem estar assustados com a impossibilidade de entrarem ou saírem da gruta devido ao bloqueio com a cruz metálica embebida em água benta da ressureição do Senhor Jesus Cristo. Neste embate serão eles contra nós. Temos chances de vencer. Como venho afirmando, a combinação da cruz com a água benta da ressurreição é insuperável para os demônios.

Neste tempo, Nelson Almeida nitidamente nervoso diz:

- Senhor, é mesmo importante benzer a cruz com água benta na Páscoa?

- Imprescindível, disse Ramón.

- Senhor, eu nunca separei as águas bentas por cerimônias. Colocava todas elas em um pote só. Achei que água benta era água benta e não haveria diferenças entre elas.

- O que isto significa?, perguntou Dom Cipriano.

- Significa que a cruz estava benta com água benta comum. Pode ser da Páscoa, mas pode ser também do Natal, de Corpus Christi ou de qualquer outra cerimônia... Eu não via importância neste detalhe, disse Nelson. Não sabia que era tão importante assim ser da ressurreição.

- Sr. Nelson!, falou alto padre Edson, eu sempre o orientei para separar as águas bentas por cerimônia.

- Não adianta lamentarmos agora. Isto significa, senhores que devem estar aos milhares os demônios ao nosso redor, disse Dom Cipriano em voz baixa. Vamos concentrar nossas orações para que o Senhor mande seu espírito.

- Estamos aqui para vencermos o mal. Não vamos fraquejar neste momento decisivo. Temos a Deus e temos a poderosa relíquia de São Bartolomeu. Sob este símbolo, venceremos (mostrando a cruz)! Vamos irmãos, temos que destruir estes seres demoníacos e empurrá-los de volta para o inferno, disse Ribas elevando a moral das tropas.

Seguiram imediatamente para a frente da gruta. Lá já encontraram com milhares de demônios. Novas legiões haviam saído pelo portal de São Thomé e reforçaram as tropas das profundezas. Asmodeus posicionava-se a frente das suas tropas ao lado de seus demais comandantes.

- Como tenho prazer em revê-los, disse Asmodeus. Estou aqui com o que há de melhor das tropas do inferno. Temos algumas contas para acertarmos! Acharam que sua cruz benta poderia nos deter?! Quanta ingenuidade! Lá está ela destruída sobre o solo! A cruz de Baependy! Seria mais útil se estivesse sobre a sua igreja. Pobres imbecis!

- Tragam a relíquia de São Bartolomeu, disse Dom Cipriano.

- De pouca valia será a relíquia frente ao volume de demônios que temos. Somos centenas de milhares. Para nos vencer não haveria de ser uma relíquia mas sim o próprio Bartolomeu..., completou Asmodeus.

Os valentes templários puseram-se em posição defendendo a relíquia e preparando-a para ser exposta contra as forças do mal. Outros templários mantinham o Pálio aberto encobrindo a relíquia e outros ainda , ajoelhados rogavam ao Senhor por sua ajuda naquele momento. Padre Ramón tentava entoar orações de exorcismo que eram repetidas pelos padres de São Thomé e Baependy. Nelson Almeida chorava incontrolavelmente acusando-se de ser o responsável por tamanha tragédia. Padre Mascarenhas observava tudo e tentando imaginar uma solução para aquele impasse. Youssef pediu ao Padre Edson seu pote de água benta. Aspergiu água benta em sua espada e de alguns outros templários e foram cautelosamente aproximando-se de Asmodeus pela periferia. O poderoso demônio dominando o cenário mandou que alguns homens possuídos atirassem nos templários. Uma salva de tiros e gemidos tomou conta da cena de guerra. Demônios e possuídos puseram-se a avançar. Parecia que nada os conteria.

Dom Cipriano pegou a relíquia e a expôs. Sua poderosa força imobilizou centenas de demônios mas muitos deles ainda continuavam a avançar. Realmente, parecia que o poder da relíquia tinha uma limitação e as forças do mal estavam ilimitadas. Os templários assumiram uma posição defensiva, eram uma tropa de cavalaria sem cavalos. Estavam em nítida desvantagem. Demônios surgiam de todas as direções. As gargalhadas cínicas de Asmodeus e seus criavam um clima de horror e dava uma perspectiva assustadora para todos.

- Valha-me Senhor!, dizia padre Edson.

- Vamos libertar os prisioneiros do Papagaio ainda hoje, esbravejava Asmodeus. Sua civilização cristã está condenada. Sua Igreja será destruída. Nós seremos o seu senhor.

Tudo estava desfavorável. Havia demônios em proporção de mil para um. Em pouco tempo estariam dominados e a relíquia destruída. Dom Cipriano em um comando ordenou a todos que rezassem unidos, juntos, a oração que o Senhor nos ensinou: " Pai nosso..." Tudo parecia estar consumado. Os demônios avançando...

- Quando dois ou mais estiverem reunidos por minha razão, eu estarei entre eles, foi-nos dito pelo Senhor, completo Dom Cipriano. Temos muitas razões para acreditar que o Senhor já está entre nós e não nos deixará sucumbir sob o domínio do maligno. Muitos apuros já enfrentamos e sempre estivemos calçados pelo poder do Senhor que nos ajudou a vencer todos os desafios. Se esta batalha for difícil, tenhamos a certeza de que foi apenas esta e que as demais serão de grande glória.

Apesar das palavras encorajadoras de Dom Cipriano, as evidências não eram em nada favoráveis. Os demônios continuavam a avançar. Nisto, uma luminosidade fantástica ofuscou as visões dos humanos e um som ensurdecedor tomou conta do local. Parecia um raio com um trovão. Refeita a visão, os homens podem ver dois indivíduos vestidos com túnicas de linho e portavam uma grande espada cada. Estes dois homens elevaram as suas espadas ao alto e uma chuva de raios pôs-se a cair sobre o local atraídos por suas espadas. Dentre os estampidos dos trovões ouvia-se uma voz grave dizendo:

- Eis aqui dois dos meus guerreiros que vieram somar aos meus filhos para colocar os impuros das profundezas em seu devido lugar junto as trevas e o calor escaldante do inferno.

Era o milagre que esperavam! Virilizados pela inesperada ajuda todos puseram-se a lutar contra os demônios e a forçá-los de volta a gruta. Os dois guerreiros lutavam com grande força e agilidade e do céu descia uma descarga de raios que atingiam em cheio os demônios. Os templários deixaram um instante de assombrada paralisia para enfrentarem com valentia e com enorme fé os exércitos de Satã. A luta não era facilitada pelos inimigos. Eram muitos. Mas o Senhor lhes deu imunidade às possessões do maligno. Assim, as tentativas de possuir os guerreiros não vingavam e o exército templário progredia mais e mais encurralando-os junto a entrada da gruta do Carimbado. Asmodeus e seus demônios foram vencidos. Retornaram a sua origem pelo Portal do Inferno.

Vencida a batalha, todos estavam curiosos. Quem seriam aqueles dois homens que venceram um exército de demônios? Que força magnífica era aquela que teria forçado Asmodeus e seus milhares de demônios a retroagirem, a voltarem para as profundezas do Inferno?

- Quem são vocês?, perguntou Dom Cipriano, que havia lutado bravamente como um jovem guerreiro.

- Sou Bartolomeu e este é Tomé.

- Os santos apóstolos!, disse Ribas.

- Sim, somos apóstolos de Nosso Senhor Jesus Cristo. Há muito tempo temos observado a movimentação dos demônios, que tem a intenção de destruir a fé e a Igreja e a escravizar as almas humanas condenando-as ao fogo eterno. Primeiramente a minha relíquia esteve aqui protegendo os colonos do Novo Mundo da ação dos demônios. Agora fomos autorizados pelo Senhor a virmos e intervirmos após a convocação do próprio Asmodeus que disse ser necessário o próprio Bartolomeu e não mais apenas uma pequena relíquia para impedir que o seu exército libertasse os prisioneiros do Papagaio e evitasse a destruição da fé e da Igreja. Assim, eu e Thomé aqui estamos. Temos observado o desenvolver dos planos satânicos a muitos anos. Thomé já esteve por aqui ajudando. Hoje, nos vimos forçados a voltar, e o Senhor nos autorizou. Os demônios foram colocados de volta para dentro do portal e lá obstruímos a passagem com nossas espadas abençoadas pelo próprio Senhor. Por este portal não mais passarão. Levarei comigo a relíquia de meu dedo e a incorporarei a meu corpo para que ninguém mais precise correr riscos. Ela é cobiçada por muitos. Uma vez indisponível, os prisioneiros do Papagaio estarão lá aprisionados perpetuamente até o dia do Juízo Final.

Dom Cipriano num gesto de humildade, ajoelhou-se aos pés dos apóstolos, no que foi seguido por todos os presentes.

Continuou Bartolomeu:

- Sois portadores de grande fé. Esta fé os salvou. Homens como vocês salvaram a Igreja dos demônios. Mas estejam sempre atentos, pois os demônios são uma realidade, uma força descomunal, desproporcional a força dos humanos. Somente a fé é a rocha que mantém edificada a sua igreja. A fé pode controlar o poder do mal. Por isto, ela será alvo de muitos ataques. Hão de tentar, outras vezes mais, destruir a fé para fazer desmoronar a Igreja e assim atingirem ao Senhor. Ataques hão de surgir de dentro ou de fora. De seus bispos, de seus padres, de seus fiéis ou de potências estrangeiras controladas pelo maligno. Estes que atacam não possuem e nunca possuíram fé no Senhor seu Deus. São instrumentos infiltrados do mal que agem na cobiça, na ganância, na inveja, no ódio como apóstolos do demônio. Devem manter-se alertas. Das catacumbas surgirão pactos para o controle e desvirtuação do sacerdócio, dos valores, dos dogmas e dos valores humanos e cristãos. Utilizarão dos mais fracos e marginalizados como fantoches na criação de situações, divulgação de factoides e injustiças visando a desestabilização da sociedade cristã como fizeram agora nesta oportunidade. Estejam alertas e protejam a Santa Igreja.

Um grande clarão tornou a ofuscar as vistas e um trovão ensurdecedor voltou a soar e os dois apóstolos desapareceram como haviam aparecido. A relíquia de São Bartolomeu sumiu de dentro do relicário que permaneceu aberto e vazio. Os homens juntaram seus pertences e prepararam para voltar para casa. Os templários e guardiões do Papagaio foram dissolvidos. Youssef seguiu em seu trabalho, mascateando por todo o interior até abrir uma lojinha em uma pequena vila onde havia bom fluxo de compradores. Os demônios aprisionados foram mantidos perpetuamente enclausurados no Pico do Papagaio. Dom Cipriano voltou para Mariana. Faleceu em 1817 aos 73 anos de idade. Seus restos estão sepultados na cripta da Catedral de Nossa Senhora da Assunção, em Mariana.

Agora mais do que nunca conhecia o poder dos demônios e encontrava-se mais habilitado a enfrentar as possessões demoníacas individuais que sempre surgem. Os párocos de Baependy e São Thomé e seus auxiliares retomaram a sua missão pastoral. Padre Mascarenhas, o jesuíta, decidiu ficar nas terras brasileiras apesar de sua ordem ter sido expulsa do país.

Braz Ribas seguiu para sua sesmaria. Dias levou em trilhas, matas, rios e montanhas até chegar ao esplêndido Vale do Sapucahy. Ao chegar próximo a sua propriedade pode ao longe, perceber movimento anormal dentro de suas terras. Muitas montarias, muitos vizinhos, muitos escravos... Ao ser visto, foi envolvido por uma pequena multidão. Receoso de uma eventual morte de sua esposa, procurou pacientemente entender o que ocorria. Correu para a sua sede e lá encontrou seus vizinhos sentados ao redor da mesa e na cabeceira Dona Floriana, sua esposa, corada, sorridente e comunicativa, recebendo as ilustres visitas que ela mesma não sabia por que vieram. Ribas, correu em sua direção, abraçou-a apertado e com lágrimas escorrendo pelo canto dos olhos perguntou a sua esposa:

- Minha Floriana, minha querida, como estou alegre em vê-la bem! Que Deus seja louvado. Não sabes como esperei por vê-la assim. Está tudo bem?

- Sim, Ribas está tudo bem. Todos sabiam de sua chegada por isto vieram para cá?, disse Floriana espantada com a quantidade de gente em sua casa e tentando entender a situação.

- Acho que sim, alguém os avisou de minha chegada e vieram para cá...

Ribas, foi logo perguntar à sua filha Ana Vitória sobre o que ocorreu.

- Até então, mamãe Floriana estava semiconsciente em seu leito. A sua doença progredia rapidamente e todos nós esperavam pelo pior apesar de sempre termos mantido a confiança de que o senhor conseguiria a sua cura. Cuidamos muito dela. Dia e noite, curávamos seus esfolados da cama, alimentávamos aos poucos com alimentados saudáveis e nutrientes, a mantínhamos limpa e trocada. OS escravos e nós, não medimos os nossos esforços para mantê-la bem. Até um velho pajé de uma aldeia próxima veio trazer uma poção tradicional indígena. Mas tudo parecia em vão. Até certo dia, quando apareceram dois homens com roupas estranhas, pareciam túnicas. Pediram para ver minha mãe. Nós o permitimos. Foram até lá e rezaram por ela.

- Quem eram eles?, perguntou Ribas.

- Não sei. Não disseram seus nomes. Entraram e saíram rapidamente. Só notei que um deles não tinha um dedo da mão esquerda. .. Após irem embora mamãe, acordou subitamente, abriu olhos que recobraram a vivacidade e o brilho de outrora.   Sentou-se no leito, pediu um prato de comida e um copo de leite. Chamou pelos filhos e conversou com todos com grande alegria. Mamãe estava curada.

Padre Ramón não seguiu com Dom Cipriano para Mariana. Decidiu ficar na região. Teve um sonho que considerou como sendo uma visão, uma mensagem. Nele, Mécia voltava para casa curada após todos aqueles anos no isolamento completo. Bela, risonha, alegre e comunicativa como os bons tempos de juventude. Ainda no sonho, um dos demônios que lutava junto com Asmodeus conseguiu burlar a reentrada no Portal e manteve-se neste mundo. Vagava agora pela região. Pelo sonho, seguia pela região rumo a uma pequena vila chamada Borda da Mata onde tentaria mais uma vez, possuir as almas dos filhos do Senhor. Teria agora uma nova missão: conter o Capeta da Borda! Mécia ficava como a lembrança de um passado remoto que não volta mais. O amor é razão e não emoção.

FIM